Clara et les gilets jaunes

Le premier roman avec des gilets jaunes dedans

Lily Mary

Clara et les gilets jaunes

Le 1er roman feel good avec des gilets jaunes dedans

Romance politique

Éditeur : BoD-Books on Demand
12-14 rond-point des Champs-Élysées, 75008 Paris
Impression : Books on Demand, Norderstedt, Allemagne

Illustration : VLM/AM

ISBN : 978-2-3220-9653-4
Dépôt légal : Janvier 2020

1. « *Fais gaffe aux gilets jaunes.*

Ils sont sapés comme des cyclistes

mais ils n'ont pas l'air très cool. »

Clara plongea pour la sixième fois de la journée sa main dans le paquet de chamallows©. Cette fois, elle en prit deux d'un coup – un blanc, un rose - et les engouffra. Sa salive faisait gonfler la mousse du bonbon, c'était doux. Un goût de fête d'anniversaire et de dessins animés. Mais Clara avait maintenant 32 ans. « Une guimauve de 32 ans, voilà ce que je suis en train de devenir », pensa-t-elle en attrapant un nouveau bonbon. C'était le bonbon de trop : il lui fila illico la nausée. Elle repoussa le paquet et s'enfonça un peu plus dans le canapé en enroulant le plaid autour de ses épaules. Pas de réconfort à attendre du chat. Il était prostré devant la porte-fenêtre qui donnait sur le jardin, refusant toute caresse depuis leur arrivée dans cette maison. « Deux mois déjà, Matouche, que nous sommes là, toi et moi, à tourner en rond », souffla-t-elle en reprenant quand-même un bonbon.

Elle pinça d'un air dégoûté le molleton de son vieux jogg', celui avec les poches aux genoux. A Paris, elle trouvait toujours le temps de courir au moins deux fois par semaine. Son bon rythme, c'était 8 kilomètres le mardi et le jeudi, en salle, à 8h00, avant de partir au taf, plus 10 à 12 km le week-end, dans le Bois de Vincennes ou aux Buttes Chaumont. C'était ainsi qu'elle pouvait abuser des beuveries et collectionner les run tight taille 38.

Ici, il n'y avait qu'à pousser le portillon au fond du jardin et s'élancer sur le chemin de terre. Elle en avait rêvé de ce chemin de terre : de ses petites herbes vertes qui frôleraient ses mollets galbés ; du vent matinal, frais contre ses tempes perlées de sueur ; de sa trajectoire sinueuse qui se perdrait à l'horizon en traversant des champs et des bois aux senteurs d'humus. C'était sans compter sur le bruit des tracteurs, les attaques de chiens errants et les charges d'insectes kamikazes sur son front moite. Et maintenant que la chasse était ouverte, elle était terrorisée à l'idée d'être confondue avec une biche. « Avec une biche ou un cochon sauvage », pensa-t-elle, mais cette fois-là elle ne le dit pas au chat.

Son mobile vibra. « Sors de Guerlain - émoticône cœur. Tapl dans 5 mn ? ». C'était un texto de Christelle. Christelle : sa pote de fac, aujourd'hui wonder woman de l'immobilier commercial. Tous les mardis, elles discutaient via Snapchat, Clara dans son canap', Christelle dans le Uber qui la ramenait au bureau après sa pause-déjeuner hebdomadaire dans le plus bel institut de beauté de la capitale, payé aux frais de son employeur (c'était dans le contrat de travail, pas folle la guêpe). Pour une fois son amie lui proposait de parler : de parler pour de vrai !

Clara l'imaginait sur les Champs Elysées, pénétrer comme une star dans la berline noire. Clara aussi savait faire ça, ou avait su faire… avant. Là, elle avait cinq minutes pour être la « jeune fille fraîche de la campagne » qu'elle était censée être devenue en deux mois. Elle enfila une tunique à fleurs par-dessus un jean en montant dans les gammes pour sortir sa voix des cavernes. Elle opta finalement pour un large tee-shirt bleu pétrole qui glissait le long des épaules. Comme il révélait une bretelle fatiguée de soutien-gorge, elle retira son sous-vêtement. Elle brossa à l'envers sa chevelure brune pour l'épaissir encore, se poudra de terracotta jusqu'aux coudes, adoucit ses grands yeux noirs d'un voile de mascara et décida qu'elle était ainsi impeccablement « nature ». Elle se réinstalla dans le canap', un genou replié sous le menton. Elle croqua dans une pomme Pink Lady… pile poil sur l'autocollant au cœur rose ! Il s'enroula entre deux incisives, ce n'était pas le moment, le visage de Christelle surgissait déjà sur l'écran du smartphone. Clara mit trois sonneries à crachoter les derniers petits bouts de papier collant, souffla un coup, sourit de toutes ses jolies dents et décrocha. La grande comédie du mardi pouvait commencer.

- Salut la Parisienne !

- Salut la plouc !

- Comment se porte la pollution ?

- Très bien. Et j'y contribue dans ma voiture avec chauffeur. Pas question de baisser mon empreinte écologique, tu me connais.

- Je te connais depuis dix ans…

- Toi, la cambrousse te rend nostalgique.

- Pas du tout !

- Pas trop de gilets jaunes, dans ton coin, derrière les pare-brise ?

- Mais pourquoi les gens mettraient-ils des gilets jaunes derrière les pare-brise ? éclata de rire Clara.

- Bah, pour râler contre le prix de l'essence, grimaça Christelle. On ne parle que de ça depuis un mois sur les JT, les réseaux sociaux, les radios… Tu es total coupée du monde toi !

- C'est le but, ma chère : me couper du monde… Pas de télé, pas de radio, et Internet c'est que pour le taf !

-       Même pas de web-séries ?

-       Ça ne me manque pas tu sais, il y a tant de choses à faire et à découvrir…

-       Et tes projets professionnels ? Ils jouent le jeu du télétravail, tes avocats ?

-       Ça va mollo. J'ai une à deux affaires par semaine. Ça me laisse le temps de faire ce dont j'ai envie. Je cours aussi. C'est fortifiant le running dans la nature : tu sens les odeurs des feuilles et des mousses. Ce matin, j'ai croisé une famille de lapins tout roux. Ils étaient adorables.

-       Deux affaires par semaine avec un forfait de 100 euros par dossier… Tu es sûre que tu vas tenir financièrement ?

-       Tu sais, on va mettre le studio de Paris en location dès qu'Ugo aura fini son projet. Ça fera 1.200 euros par mois à partir de janvier. Et ici, on ne paye quasi rien : 250 euros avec les charges… J'ai fait le chèque pour un an.

-       Même pas le loyer d'un parking dans mon quartier ! Pour combien, déjà ? Cent cinquante mètres carrés ?

-       Deux cent vingt.

-       Dingue !

-       Encore plus dingue : j'achète des œufs au camion-épicerie qui passe le mardi et le vendredi matin : un euro les six ! Y'a encore les plumes dessus ! J'achète aussi des pommes, des légumes, du fromage, du pain de campagne, des bonb... euh, de la bouffe pour chat. Je m'en tire jamais pour plus de 20 euros par semaine. Et pas de tentation : pas de kebab, pas de burger, pas de tacos... Que des produits d'ici. Et quelle saveur ! Je retrouve le goût des aliments authentiques. C'est un bonheur.

Clara poussa du pied le paquet de chamallows vide. Il rejoignit sous le plaid un vieux sudoku. Deux mois qu'elle remplissait des grilles à n'importe quelle heure du jour et de la nuit. Ses collègues lui en avaient offert un plein carton en guise de cadeau d'installation à la campagne. Jamais elle ne leur avouera qu'elle avait épuisé le stock en 10 jours. Ugo, lui, avait offert une collection de poches classiques : Balzac, Flaubert, Proust, Dumas, Faulkner, Dostoïevski... Du lourd. Elle n'y avait pas touché.

-       Comment va mon Matouche adoré ?

Les oreilles du chat avaient frémi à la sonnerie du téléphone. Mais il n'avait pas bougé. Son regard était fixe, perdu dans les herbes folles du jardin.

- Super ! Il vient de faire une sieste au soleil et là, il est en train de sauter après les grillons.

- Des grillons ? En novembre ? Dans la Creuse ?

- On est dans l'Indre…

- Oui enfin, ça m'étonne dans c'coin là.

- Des grillons, ou des sauterelles… Des petites bêtes, quoi.

- Brrr, arrête. Quelle horreur !

Christelle détestait les insectes. Les souris, les têtards, les crabes, pareil. Il n'y avait que les escargots qui ne l'effrayaient pas. Sans doute parce qu'ils rentrent dans leur coquille dès qu'on les touche.

- Et toi, ça va ? Tu ne t'ennuies pas toute seule dans ta grande maison ?

- Tu rigoles ! J'ai des tas de choses à faire.

Clara regarda autour d'elle : les cartons éparpillés à moitié déballés, le souk sur la grande table de ferme, l'ordinateur en veille depuis deux jours, la vaisselle sale dans l'évier de pierre de la cuisine, le jardin en friche derrière la porte-fenêtre… Elle se leva et essaya de caresser le chat. Il s'échappa sous le buffet. Elle sourit plus largement encore.

- Je suis enfin venue à bout des cartons. J'ai planté des fleurs et bêché le futur coin potager. J'ai cueilli les prunes et fait des confitures. Je stocke les pommes et les poires dans une caisse en bois, dans le grenier. C'est magique de voir tous ces fruits d'automne mûrir sur l'arbre. J'ai ramassé aussi des noisettes le long du chemin de terre. Et des girolles. J'en ai stocké trois kilos au congélateur pour faire des omelettes cet hiver. Quand Ugo sera là, on achètera des poules rousses. Tu verrais le poulailler dans le jardin ! Il est adorable : à l'ancienne, tout en bois, sur pilotis, avec une rampe… Tu vois, je ne m'ennuie pas et j'ai pleins de projets.

- Et les gens ? Sympas ?

Les gens ? De qui parlait-elle ? Elle voyait bien quelques vieux faire leurs courses au camion-épicerie : ils émergeaient de tous les coins de la place un peu avant l'arrivée de la camionnette et s'évaporaient dans les ruelles à son départ une demi-heure après. Clara la loupait une fois sur deux, soit elle était encore au lit, soit elle ne trouvait pas l'énergie de sortir et de parler. Le couple qui tenait le commerce ambulant – des jeunes de 20-25 ans – était sur la défensive depuis qu'elle avait demandé des produits improbables, comme du Coca Zéro, du Gorgonzola et de la litière de lin pour le chat… Ce jour-là, elle les avait entendu se marrer sitôt qu'elle avait eu le dos tourné. Depuis, elle prenait des œufs, de la mayo, du pain, des pommes, du pâté et des chamallows pour une semaine, et n'exigeait rien d'autre.

Les vieux, eux, ne la voyaient même pas.

Elle apercevait aussi le couple de jeunes mariés. Drôle de couple à vrai dire, ils n'étaient jamais ensemble. Lui, un grand gaillard, traversait la place plusieurs fois par jour d'un pas exagérément pressé, sa chemise à demi rentrée dans le pantalon, une immense échappe multicolore pendouillant jusqu'aux genoux. Rien à voir avec le jour de ses noces où il portait un costume trois pièces argenté tiré à quatre épingles et une volumineuse vague de cheveux gominés au-dessus de son front. Sa femme, si fraîche et pimpante dans sa robe de mariée, promenait aujourd'hui un visage pâle et triste lorsqu'elle venait chercher son enfant à l'école. Un enfant aussi triste qu'elle.

Il y avait une école : il devait bien y avoir d'autres familles ! Mais personne d'autre que cette femme ne venait chercher les enfants. Ils rentraient chez eux à pieds. Les petits donnaient la main aux grands, en petits groupes braillards. Des tous petits groupes d'ailleurs, puisque l'école devait compter une quinzaine d'élèves. La maîtresse, Clara ne l'avait jamais vue.

-        Les gens du village ? Archi-sympas.

Clara ne trouva rien à inventer, cette fois. Qu'avait-elle imaginé en venant ici ? Qu'elle échangerait des confitures avec les mamies ? Qu'elle emprunterait des outils de jardin à leurs maris ? Qu'elle irait courir avec la maîtresse d'école et s'initierait à la pêche avec les familles du cru ?

Combien de temps Christelle goberait ses bobards ? Son sourire se fissurait. Elle allait craquer. Les cloches se mirent à sonner et la conversation fut interrompue.

- C'était quoi ce truc ? Tu as percuté un poteau électrique avec ton tracteur ?

- C'est les cloches de l'église, il est deux heures…

- Aïch, je suis en retard au taf, moi.

- Et moi, je dois te laisser, j'ai promis à la mamie d'à côté de l'aider à ramasser ses groseilles.

- N'empêche, c'est du harcèlement ces cloches, là ! On n'est plus au moyen-âge, boudiou ! Tu devrais faire un procès pour tapage diurne.

Le cœur de Clara se serra. Comment avouer à Christelle que ces cloches étaient les seules qui, dans ce village-fantôme, lui adressaient, avec une régularité réconfortante, des petits signes bienveillants. Le dernier coup était à 22h00, il sonnait l'entrée dans la solitude de la nuit et de la peur. De cela, Christelle ne devait rien savoir.

- Salut la Parisienne !

- Salut la plouc ! Fais gaffe aux gilets jaunes, hein. Ils sont sapés comme des cyclistes mais ils n'ont pas l'air très cool. Et n'oublie pas de nous ramener de la gelée vendredi, au dîner de Flo.

- Au dîner des « femmes qui en veulent » ? Ah non merci, c'est fini ce temps-là, ma belle. Mais Ugo vient le week-end prochain. Je lui confierais pour toi un échantillon de ma production maison.

C'est alors que Clara réalisa qu'il lui restait très peu de temps – trois jours exactement - pour transformer la maison et elle-même aux attentes de son homme. Il faudrait ranger, vider les cartons, faire la vaisselle, tondre l'herbe, bêcher un bout de terre, acheter des confitures à ces effroyables commerçants ambulants, gratter les étiquettes sur les pots, cueillir les fruits et enterrer ceux qui pourrissent, cacher le vieux jogging et laver la robe à fleurs, retrouver le chapeau de paille, inventer un mensonge pour expliquer la maigreur du chat et un autre pour justifier l'apparition de bourrelets autour de sa taille…

Un vertige la saisit. Elle se laissa glisser le long du mur, en proie à une bouffée de panique, si bien qu'elle ne perçut pas la malice de Christelle quand elle demanda, avant de raccrocher : « Tu attends vraiment Ugo le week-end prochain ? »

2. « *Vous savez, la Parisienne,*
elle vit dans un taudis
avec un chat anorexique. »

Clara s'affala sur le carrelage, entre un carton maculé de suie et le rebord de la cheminée. Sa main se posa sur une longue boîte : des allumettes géantes ! Voilà la solution à l'invasion de cartons : y mettre le feu. Tant pis si cela devait brûler la maison, le chat et elle au milieu. Le feu était la solution à son ennui, à son échec, et à toutes ses croyances stupides. On croirait à l'accident. Avec un peu de chance le feu se propagerait dans le jardin. Ugo ne saurait jamais que ce petit paradis était devenu en l'espace d'une demi saison un terrain aussi vague que son âme à cet instant.

Elle craqua la première allumette. Elle la regarda se consumer et la jeta dans la cheminée. Elle en alluma une seconde. Eh, Matouche, c'est super ! Quand je regarde les flammes je ne pense absolument à rien. C'est comme les sudokus : ça vide la tête, dingue ! Elle allait frotter la troisième quand on frappa à la porte.

Une visite ! C'était la première depuis son arrivée à la fin de l'été. Elle glissa la boîte d'allumettes sous le plaid et ajusta machinalement les mèches de ses cheveux noirs. Si c'était la petite mamie aux groseilles ? Elle la suivrait dans son jardin. Elle l'écouterait raconter son enfance au village, le troquet à l'heure de l'apéro, les fêtes des blés et les corsos fleuris, pendant qu'elles cueilleraient les fruits gorgés de sucre.

Elle ouvrit la porte sur le grand gaillard à l'écharpe multicolore. Il ne venait pas pour chasser la groseille, mais pour « prendre des nouvelles », disait-il. Sa voix trahissait une timidité polie.

-       Je vais bien, merci. Mais je vous en prie, entrez boire un café. Voulez-vous ? Je m'appelle Clara.

Clara se dit que l'homme n'avait vraisemblablement pas l'habitude qu'on lui donne du « voulez-vous ? » Elle-même ne savait pas bien d'où lui venait cette tournure de phrase. Mais elle la trouva chic et décida qu'elle convenait bien à l'image de Parisienne en perdition dans un trou paumé qu'elle avait envie de donner à cet homme bourru.

Elle le débarrassa de son incroyable écharpe et, le temps de l'accrocher à la patère, la palpa avec curiosité. La chose, en grosse laines râpeuses, faisait au moins deux mètres de long. Elle se composait d'un patchwork de losanges aux couleurs criardes. Elle se promit de décrire par le menu à Christelle cet objet non identifié qui ne ressemblait à rien, ou alors très vaguement à l'habit d'Arlequin des bals costumés.

A l'observer de plus près, Clara donnait au jeune marié la trentaine bien passée. Il avait les cheveux châtain en bataille et d'épais sourcils bruns soulignaient des yeux noisette qui devaient verdir à la lumière. Sa peau mate trahissait une vie en plein air. Elle l'imaginait sans peine enfonçant, d'un geste brusque et assuré, sa longue fourche à trois dents dans une botte de paille, torse-nu, les cheveux piqués de brins jaunes et les yeux plissés sous les feux du soleil.

Clara dégagea avec nonchalance un espace sur la grande table.

- Excusez-moi pour le bazar : je suis en plein emménagement.

- Je vous en prie, je suis passé à l'improviste.

Elle l'invita à s'asseoir et entreprit d'ouvrir une série de cartons pour dénicher celui des capsules de café. Elle engagea la conversation en veillant à garder le ton de sa voix désinvolte et léger.

- Je me souviens de votre mariage, au début de l'été. C'était un grand jour pour moi aussi. Nous avions lu sur Internet, mon compagnon et moi, qu'il y avait un vide-grenier dans ce village. C'était loin de tout mais c'est aussi ça qui nous avait attiré. On s'était dit qu'on pourrait dénicher des merveilles pas chères et authentiques. En traversant la campagne française, avec notre Mini de loc', on se disait qu'il serait bon de vivre ici, d'y faire plein d'enfants.

Cette pensée semblait faire rire Clara. L'homme accompagna son rire en hochant assez bêtement la tête. Clara continuait de virevolter entre les cartons en babillant.

-        Quand nous sommes arrivés au village, il n'y avait pas de vide-grenier. Mais, sur la place du village, il y avait la noce. Et quelle belle noce !

Clara marqua une pause pour lever ses grands yeux noirs au ciel.

-        Je me souviendrai toujours de cette grande table dressée là, à côté de la fontaine, avec toutes ces générations réunies. Les lampions, les fleurs, l'orchestre avec son accordéon, les petites filles d'honneur dans leurs robes blanches et les nœuds en satin dans leurs cheveux…

-        C'est vrai, ça vous a plu ?

On aurait dit qu'il s'assurait que son invitée avait passé un bon moment. Clara sourit poliment pour éviter de répondre. L'homme se mordit la lèvre. Saisissant sa gêne, et supposant qu'il ne connaissait pas les bonnes manières, elle s'assit à la grande table en face de lui et, oubliant sa promesse de café, poursuivit son histoire, convaincue qu'elle le passionnerait.

-      Des villageois nous ont expliqué qu'il y avait eu une erreur. Le vide-grenier s'était déroulé la semaine précédente. On n'était pas les seuls, d'autres parisiens comme nous avaient fait le voyage. Pour nous consoler (on avait trois cent kilomètres dans les jambes, quand même), ils nous ont offert une coupe de Champagne. C'est alors que nous avons vu cette maison et le panneau accroché au volet : « A louer meublée. 250 euros par mois ». La porte était ouverte. On a vu la grande cheminée, les tomettes de terre cuite, la baie vitrée donnant sur le jardin. Et à l'étage : les malles et les lits à baldaquin, la coiffeuse, les bassines en fer… On est immédiatement tombé sous le charme.

« Le gars nous a expliqué que la maison avait été rachetée par la mairie à des Anglais. Le conseil municipal ne savait pas trop quoi en faire et avait fini par décider de la louer en l'état : avec les meubles d'antiquaires, la vaisselle du pays, les sabots et les bottes en caoutchouc, les arbres fruitiers du jardin, la balançoire pour les enfants, le poulailler, la tondeuse, la 4L et les vélos dans le garage. On a dit « on prend ». C'était comme un signe du destin, vous comprenez.

Cette histoire, Clara l'avait racontée des dizaines de fois avec enthousiasme, provoquant chaque fois la perplexité de ses interlocuteurs. Mais cette fois-ci, elle dut se forcer un peu. L'homme ne manifestait ni étonnement, ni curiosité. Sa tête battait la mesure de ses paroles. Ses yeux la scrutaient, concentrés sur les vibrations de son visage, se décrochaient parfois une microseconde - happés par le spectacle des moulinets désordonnés de ses mains - et revenait au visage.

-       Vous regrettez ? dit l'homme quand le corps de Clara se mit au repos.

-       Je ne sais pas, répondit-elle en penchant mollement la tête. C'est un peu dur, seule, peut-être…

Elle balayait avec ses mains des miettes imaginaires oubliées sur la table. C'était à lui de parler. Il avait oublié, ou alors il écoutait la solitude de cette femme dans cette maison. Il l'écouta jusqu'à la limite de la décence, quatre, cinq secondes. Il demanda :

-       Votre ami n'est pas ici ?

-       Il me rejoindra à Noël, quand il aura fini son contrat à Paris.

Elle avait remis la machine à babilles en route. Ses mains reprirent leur envol, son visage ses ondulations. Pour parler de son homme, elle posait sa voix une octave en dessous et tordait exagérément la bouche.

-       Il travaille dans un cabinet d'architectes. Il a le projet de créer une entreprise de construction de maison en bois dans la région. Avec toutes ces forêts…

-       Ça, il y en a des forêts. Mais des gens pour acheter des maisons en bois, je suis moins sûr, ricana l'homme.

-       Il a élaboré un business plan avec un conseiller en création d'entreprise, répondit Clara avec aplomb.

-       Si c'était un conseiller parisien, il doit avoir raison…

Piquée, elle se leva de table et reprit son inspection des cartons. A vrai dire, elle ne l'avait jamais senti, elle non plus, ce conseiller blondinet à calculette, au salon des Jeunes entrepreneurs de la Porte Maillot. « Si on prend la population de l'Indre, qu'on multiplie avec le taux de croissance démographique national, cela nous fait un marché de la maison en bois, dans le département, mature à… tac tac tac… trois ans », qu'il avait dit à Ugo. Elle ne comprenait pas tout, mais elle faisait confiance à Ugo. Alors l'autre plouc, là, avec ses leçons sentant bon le terroir près de chez vous et sa chemise sortant du pantalon, il n'allait pas l'impressionner !

-       Volluto ? Arpeggio ? Kazaar ?

-       Hein ?

-       J'ai trouvé le carton de café. Vous voulez quel arôme ?

-       Arôme café.

Clara leva les yeux au ciel en pinçant les lèvres. L'homme ravala son sourire moqueur. Cette fille n'avait aucun humour. Elle avait en revanche une très jolie flexion de la hanche.

-       Sucre ou nature ? demanda-t-elle, hautaine.

-       Noir, répondit-il sans baisser les yeux.

Elle revint trois minutes plus tard avec ses expressos fumants. Elle les posa sur la table et s'assit sans un mot. L'homme baladait son regard dans la pièce. Clara sentait bien qu'il était surpris par l'état du salon.

-       Vous comptez vous marier ? Faire des enfants ? Il y a une école très bien dans le village. C'est une classe unique, les grands s'occupent des petits ; ils apprennent à leur rythme. On a des enfants de 5 ans qui savent déjà lire ! Et pour vous, ce sera bien pratique : elle est juste en face !

-       Je vois les enfants sortir de l'école, répondit Clara avec lassitude. Je les entends aussi ! Et les bagnoles !

-       L'aire de covoiturage est derrière l'école, c'est pour ça.

Clara porta le café à ses lèvres mais il était encore brûlant. Elle trouvait l'homme bien grossier à observer son salon dans les moindres détails. Enfin, ses yeux se posèrent sur l'ordinateur. Je parie qu'il n'a jamais vu d'écran incurvé, pensa Clara.

-       Vous avez vu ? On a le très haut débit ici ! fanfaronna-t-il.

-       Encore heureux ! J'ai pris le statut de microentreprise pour récupérer des contrats auprès de mon ex-employeur. Je suis avocate en droit des affaires, spécialisée dans les brevets aux entreprises, dit-elle en reprenant sa voix grave. Ce n'est pas passionnant mais ça paie le loyer et la litière pour le chat, ajouta-t-elle aussitôt d'un ton joyeux pour éviter de trop la ramener.

-       La litière en poil de lin ?

Elle le fusilla du regard. Les épiciers de la camionnette avaient cafté. Il ricanait franchement maintenant. Elle avait veillé à ne pas étaler sa réussite sociale, et voilà comment elle était remerciée. Il vit qu'il l'avait blessée et s'excusa.

-       Tout se sait ici. C'est un petit village.

Il vida sa tasse de café cul sec et partit sans demander son reste, oubliant son abominable écharpe.

Clara tira rageusement les lourds rideaux de la fenêtre qui donnait sur la place puis partit à la recherche du paquet de chamallows planqué sous le plaid du canapé. « Tout se sait ici » répéta-t-elle au chat en serrant la mâchoire. Ils savent que j'achète dix paquets de guimauve par semaine et que je m'en goinfre toute la journée, marmonna-t-elle en se vautrant dans les coussins, que je me lève à midi et que je reste en jogging toute la journée. Ils savent que je m'emmerde comme un rat mort dans leur petit village de merde. Ils ont envoyé le jeune marié pour vérifier les ragots : « vous savez, la Parisienne, elle vit dans un taudis avec un chat anorexique », grimaçait-elle en mâchouillant un nouveau bonbon. Ah ça va leur faire des choses à raconter entre deux dijos !

Son téléphone vibra. Elle décrocha par réflexe et regretta aussitôt : c'était Flo.

- Salut la plouc !

- Salut la Parisienne, répondit mollement Clara.

- Oula, on dirait que t'as le seum, toi ?

- Un villageois est venu boire un café à la maison et…

- Un vieux pécore à moustache qui t'a tenu la jambe en reluquant ta poitrine ?

- Trente cinq-trente six ans, grand, costaud, yeux marron-vert...

- Bogosse ?

- Mouais, si tu oublies la chemise débrayée et sa conversation à deux balles.

- Gilet jaune ?

- Sais pas.

- Tu ne sais pas reconnaître un sympathique cycliste d'un gros gueulard avec des chicots dans la bouche et le gras du bide qui gigote sous l'anorak ?

- Il est pas comme ça, se braqua Clara.

- Je ne te sens pas bien, ma Clara. Tu n'aurais pas le mal de Paris ? Christelle dit que tu vas pas venir à mon dîner vendredi, ça te ferait pourtant du bien de voir du monde.

- Impossible, vendredi Ugo débarque ici. T'inquiète, c'est juste ce gars, là, qui m'a énervé, mais ça va passer. C'est le mec : il est jamais sorti de sa cambrousse et il est bourré de clichés sur les Parisiens.

Trois petits coups secs retentirent contre la porte.

- J'y crois pas, dit Clara en tirant un pan du rideau, c'est encore lui !

- L'homme aux yeux de jade ? s'excitait Flo.

\-   Il me fait des signes bizarres avec ses bras… Il met ses mains autour du cou : il veut m'étrangler !

\-   Ne panique pas ma belle. N'ouvre pas, j'appelle les flics. Euh c'est quoi déjà le nom du bled ?

\-   Je suis bête, souffla Clara en découvrant l'écharpe sur le porte-manteau. Il a juste oublié quelque chose…

\-   Tu me raconteras, miss Parano ?

Clara tendit à l'homme l'écharpe depuis le perron mais il ne bougeait pas. Un rayon de soleil éclairait son visage et Clara constata qu'effectivement ses yeux devenaient tout à fait verts à la lumière. Cela n'apaisa pas sa colère.

\-   Les gens d'ici peuvent vous sembler farouches. En réalité, ils s'inquiètent. Mais je vous en supplie ne partez pas. Tout va s'arranger, je peux vous aider.

\-   Partir ? grimaça Clara. Mais j'aurais l'air de quoi ? J'ai perdu les deux tiers de mon salaire et toute crédibilité auprès de mes confrères avocats. Mes meilleures amies m'avaient prévenue et je n'ai pas voulu les écouter. Va falloir faire avec la Parisienne déprimée : quelle belle distraction pour votre village, n'est-ce pas ?De beaux ragots en perspective !

\-   Vous n'êtes pas précisément « distrayante », si vous me permettez, répliqua l'homme. Vos prédécesseurs, le couple d'anglais, étaient bien plus folkloriques. Et polis. Et souriants. Et drôles. Et sympathiques. Autant de qualités humaines dont vous semblez fort dépourvue.

- Pauvres angliches, ils ont dû se sentir bien seuls ici, entourés de commères pathologiques.

- Et vous, Madame Clara, avec votre petite moue qui veut dire « vous pouvez bien penser ce que vous voudrez, je m'en balance », vous êtes qui pour mépriser des gens que vous ne connaissez pas ?

- Evidemment que je ne les connais pas : pas un ne m'a adressé la parole depuis que je suis arrivée ! Ah si, j'oubliais : les indics du camion-pizza en rendant la monnaie.

Le téléphone vibra de nouveau dans sa main et la tête à Ugo apparut sur l'écran. L'homme se détourna en balançant son écharpe sur l'épaule, dans un geste théâtral tout à fait hors de propos.

De sa poche, dépassait un bout de tissu jaune.

3. *Les gilets jaunes sont des péri-urbains surendettés qui ont choisi de vivre loin de tout dans des pavillons chiés à la chaîne les uns à côté des autres.*

- Tu tombes à pic. Tu viens de me débarrasser d'un mec hallucinant...

Clara marchait de long en large dans le salon. Elle était tout excitée. Elle ne savait pas trop par où commencer.

- Tu sais, c'était le gars qui se mariait le jour où…

- Je ne vais pas pouvoir te parler longtemps, mon p'tit chat : juste le temps d'une clope et j'y retourne. On est charrette sur le projet de ferme verticale à Paris Rive Gauche.

- Ugo, j'ai peur, j'ai cru voir un gilet jaune caché dans sa poche.

- T'inquiète, tu es dans un petit village, à la campagne, c'est sûrement un mec qui fait du vélo. Les gilets jaunes sont des péri-urbains surendettés qui ont choisi de vivre loin de tout dans des pavillons chiés à la chaîne les uns à côté des autres. Aujourd'hui, ils se plaignent qu'avec la hausse de l'essence y s'en sortent pas. Les gars, j'ai envie d'vous dire : « fallait y réfléchir avant. Vous saviez que vous seriez dépendants de vos bagnoles, que l'énergie fossile était en voie de disparition, et que l'essence coûterait de plus en plus cher : faut changer de mode de vie, penser moins à votre pomme et un peu plus à la planète ».

Clara sentait qu'Ugo avait bien l'intention d'en rester là. Pour le garder encore un peu pour elle, elle le fit parler de son projet. Ugo aimait beaucoup parler de ses projets d'architecture. Et Clara aimait beaucoup l'écouter. Son imagination généreuse, son verbe audacieux, ce pouvoir qu'il avait de changer le monde d'un coup de crayon : tout l'envoûtait chez ce garçon trop maigre au regard intense.

-        Je n'ai toujours pas trouvé la solution technique pour articuler les unités d'habitation modulables avec les espaces dédiés à la culture de fruits et de légumes hors sol…

Clara sourit : il suffisait d'appuyer sur le bouton et c'était reparti. Quand il parlait, le reste n'avait plus d'importance. Cela faisait trois ans qu'ils s'étaient rencontrés. La magie opérait toujours.

-        … d'un point de vue écologique, le hors sol : je suis contre. Mais techniquement, c'est hyper intéressant. Je peux te dire que ça aura de la gueule, ces murs verts de salades, qui tourneront sur eux-mêmes tous les jours de l'année pour chercher le soleil, sur toutes les façades d'une tour de 220 mètres de haut. 50 étages, t'imagines ?

- Pas trop, souffla Clara en se calant dans le canapé.

- J'ai conçu des giga bacs de récupération des eaux de pluies. Au début, je n'avais envisagé qu'un seul usage, le grand classique : l'arrosage des végétaux. Puis je me suis dit que les habitants pourraient aussi s'y baigner. Ce serait des espaces collectifs aménagés sur le toit-terrasse, ouverts jours et nuits. Tu me suis ?

« Je te suivrais au bout du monde », pensa Clara. Mais elle ne dit rien parce qu'elle savait qu'Ugo détestait être interrompu dans une démonstration.

- J'ai prévu des filtres naturels. Et surtout, les gens se laveront avant de se baigner, à la japonaise, dans des bacs en bois. Je fais du bain un lieu non plus hygiéniste, mais de ressourcement et de convivialité. Sous les étoiles, tu vois le délire ?

- Tu te souviens le jour où nous nous sommes embrassés pour la première fois, susurra Clara. Tu venais de me dire qu'on ne verrait bientôt plus les étoiles à Paris, à cause de la pollution.

- Oui, mais en attendant, j'offre aux gens une relation cosmique avec l'univers. Alors, ils prendront conscience de ce patrimoine à préserver et ils décideront de lutter contre la pollution et contre les dégâts de l'homme sur terre et dans le système solaire.

Tout ce qu'il touchait devenait beau. La vie avec lui était un rêve éveillé. Même dans cette maison, même dans ce village. « Et les autres, on s'en fout », se dit-elle.

- .... le problème, ce sont les normes. Il y a trop de normes dans ce pays. La créativité des architectes est bridée.

- La tienne est sans limite.

- Je sais. C'est pour ça que j'essaie de convaincre les boss de le faire. Je leur explique que c'est notre devoir d'architecte responsable d'anticiper une réforme normative qui permettra un jour de tels usages aujourd'hui interdits.

- Ils ont compris ? (Clara, pour sa part, avait décroché)

- Ce sont des quinquas ringards incapables de se remettre en question. Ils restent bloqués sur Le Corbusier. Pour eux, le développement durable, c'est un label qui fait tourner la boutique. Moi, j'en ai une compréhension quasi charnelle. Et ça les emmerde.

- Alors c'est raté ?

-       Ils m'ont laissé une chance. Selon eux, le meilleur moyen de contourner une norme, c'est de faire valoir l'expérimentation. Tu vois ce que c'est ?

-       Vous allez verser de l'eau de bain sur des salades et vérifier qu'elles resteront bien vertes et comestibles ? tenta Clara.

Ugo éclata de rire.

-       Pas du tout ! L'expérimentation, c'est une formule de faux-cul pour faire des choses qu'on n'a pas le droit de faire normalement et que l'on justifie par un procédé innovant censé répondre à un problème nouveau. Le problème peut être climatique, sociétal... j'ai pensé à la canicule.

-       Tes bacs d'eaux de pluies seraient ouverts aux gens pendant les périodes de canicule ! s'émerveilla Clara.

-       Exactement. Ce qui oblige à les concevoir dès le début comme potentiellement fonctionnels toute l'année. Comme ça, quand la norme tombera ou quand on décidera que personne ne viendra vérifier si elle est appliquée, le système sera opérationnel.

-       C'est génial.

-       La canicule fait flipper tous les politiques. Je les tiens !

- Et c'est génial pour les petits vieux parisiens.

- Les petits vieux, mais aussi les enfants, les actifs qui viennent de se taper une heure de métro... Tous les habitants de la tour se retrouveront sur le toit, à la fraîche. Ça créera du lien social. Ça favorisera le vivre ensemble.

- J'aimerais que tu sois l'architecte du monde, Ugo. Il y a tant à faire pour réapprendre à vivre ensemble simplement.

- Tu es gentille. (Clara entendit Ugo tirer la dernière taffe de sa cigarette) Faut que je te laisse. J'essaie de t'appeler demain soir.

Clara se dit une fois de plus qu'elle avait une chance extraordinaire d'être avec un garçon aussi intelligent. Et une fois de plus elle se demandait ce qu'il lui trouvait. Ce n'était pas son physique : il lui avait avoué qu'il ne la trouvait « pas particulièrement jolie ». Christelle par exemple était « plus racée », disait-il. En même temps, Ugo détestait Christelle : elle était selon lui arrogante, arriviste et cynique. Il disait que c'était de vendre des centres commerciaux qui l'avait rendue comme ça.

Christelle non plus n'aimait pas beaucoup Ugo. Et Flo encore moins : « c'est un beau parleur qui vit total à tes crochets. Un jour, l'éternel stagiaire en archi trouvera un pigeon plus intéressant que toi et il te plantera avec tes illusions », lui avait-elle un jour balancé. Clara avait défendu son homme : Ugo peaufinait sa formation d'architecte en faisant des stages chez les plus grands, il aurait bientôt l'expertise et le CV bétons pour convaincre des investisseurs et créer sa strat-up de construction de maisons en bois. Ils iraient s'installer à la campagne, adopteraient un mode de vie frugal. Elle arrêterait de travailler pour se consacrer à lui et donner enfin du sens à sa vie. Ils voulaient une famille avec trois enfants, les élever dans un environnement sain, préservé de la pollution, de l'hyperconsommation, des attentats et de la violence urbaine. « C'est facile de mépriser la ville et le fric quand on baigne dedans depuis sa naissance », avait grincé Flo. « Laisse notre petite Clara faire son expérience, avait répondu Christelle, peut-être que nous aussi, quand nous rencontrerons le grand amour, nous aurons envie de tout plaquer ». Elle était comme ça, Christelle, elle transformait les champs de coquelicots de Seine-et-Marne en temple de la consommation, mais elle conservait un cœur de midinette.

Quand Clara leur avait annoncé, un an plus tard, que oui, ça y est, ils s'installaient, Ugo et elle à la campagne, Christelle avait tenté la méthode douce : « La campagne c'est joli en été, les jours de noces et en séjour coquin dans un relais château ; mais toute l'année… tu vas crever d'ennui ma belle ».

Flo, qui avait déjà un sacré coup dans le nez, était devenue hystéro : « Ugo veut briser ta carrière d'avocate, t'isoler de tes amis, il veut t'enfermer loin de tout pour t'avoir total à sa merci, c'est un cinglé ! » « Ugo est fou de moi », avait répondu Clara d'un ton glacial en reposant son troisième shot de vodka. Elle avait ajouté avec toute la perfidie dont elle était capable :

-       Tu ne peux pas comprendre, tu n'as jamais été aimé comme ça. Et tu ne le seras jamais. Pour les mecs, t'es rien qu'un bon plan cul.

-       Je prends ça comme un compliment, avait répondu Flo en adoptant la même froideur.

-       Jamais tu ne trouveras quelqu'un qui aura envie de partager sa vie avec toi, de te faire des enfants, de tenir sa maison…

-       Jamais je n'aurai envie de cette vie-là, ma chérie. Moi, je veux plein de belles histoires d'amour et d'amitié, et ne pas en louper une.

-       Tu finiras vieille fille.

-       J'aime la solitude. J'écrirai mes mémoires.

-       Elles seront pathétiques.

-       Parce que je parlerai de toi. Je raconterai comment, au début du 21ème siècle, on avait réussi à faire croire à la fille la plus intelligente que je connaisse, promise à une grande carrière d'avocate, qu'elle était un petit oiseau fragile dont le seul destin était de servir un homme, torcher des mômes et « tenir une maison ».

-       Et tu raconteras aussi - toi la femme émancipée - toutes les fois où tu as couché, dans ta brillante carrière ? Depuis ton premier stage jusqu'à ta dernière promo.

-       J'ai fait mon #MeToo.

-       Facile maintenant que tu es « cheffe ». En attendant, tu en as bien profité du système. Ta feuille de paie pue la jute.

-       Et toi, tu vas te faire baiser des années sans être payée du tout.

Christelle avait pleuré. Elle ne voulait pas de dispute, surtout pas avant la grande séparation. Elle voulait des câlins-copines et des bisous, et oublier la discussion dans les vapeurs d'alcool et tout fut fait exactement comme Christelle avait dit. Peut-être la mise en garde de Flo avait-elle touché Clara, mais alors elle était bien enfouie au fin fond de son inconscient.

4. « *Je mettrais ma plus belle robe et mon plus beau sourire pour faire les courses.* »

Clara lâcha son smartphone sur un coussin de canap'. Dans 72 heures Ugo sera là et ils n'en avaient pas du tout parlé. Possible qu'il reporte, une fois de plus. Possible que ça l'arrange, finalement, une semaine de répit dans le bazar rassurant des cartons.

Son erreur avait été de venir seule, d'avoir voulu « préparer le nid », comme elle disait. Mais elle n'était pas une hirondelle, et pas encore une fée du logis. C'était avec Ugo qu'elle déballerait les cartons pour préparer leur nouveau quotidien. Ils en ouvriraient un ou deux vendredi soir, au hasard, avant de se promener dans le bourg, main dans la main, souriants sous le soleil couchant. Ils iraient caresser l'âne gris, qui broutait seul, dans son grand pré, à la sortie du village. Ils ramasseraient de la menthe sauvage sur le bord du chemin, pour la tisane, le soir, au pied de la cheminée. Ils salueraient les passants. D'ici là, elle devrait en avoir amadoué quelques-uns, pour qu'ils répondent. Ugo serait content. Si personne ne leur répondait, elle lui dirait que les gens d'ici sont intimidés par sa prestance, son charisme naturel. Il la croira sur parole.

Le lendemain, ils iraient dans le jardin choisir le site du potager. Ugo avait griffonné des plans. Il voulait faire du potager un espace alimentaire et esthétique, en accordant les formes, les textures et les couleurs. Il passerait la tondeuse, elle déblaierait le poulailler. Ce serait merveilleux.

Elle s'endormit sur cette idée. Ce devait être d'un sommeil léger car elle fut réveillée à vingt-deux heures par les dix coups de cloche de l'église.

C'était l'heure redoutée. Celle où la grande porte de la nuit s'ouvrait, plongeant tout - hommes, maisons, bêtes, bois - dans un abysse glacial. Le parquet se réveillait en de grands craquements triomphants. Les vents nocturnes étouffaient les derniers sons de cloche, plongeant Clara dans la terreur. De petits vents sifflants, tenaces, s'accrochaient à ses oreilles comme des parasites. Ils annonçaient le Grand Vent. Celui qui secouait les volets et tapait aux carreaux : je sais que tu es là, Clara, je sens l'effluve de ta sueur glacée monter à moi. J'entends le claquement moelleux de tes dents dans l'oreiller. Ton corps chavire de part et d'autre du lit pour m'échapper, et puis s'enroule autour de lui-même comme une jeune fougère. Dors, Clara, je reviendrai tout à l'heure. Dors, j'ai d'autres créatures à visiter.

22H37 : le Cri. Comme toutes les nuits à la même heure, il retentit. Un cri venu non pas d'une gorge mais d'un gouffre de faim. Une plainte rauque et lancinante. Désespérée. Ce n'était ni celui d'une bête, ni celui d'un homme. Celui d'une créature dégénérée : peut-être l'intrusion d'un démon dans le corps d'un enfant battu à mort puis jeté dans le puits de pierre d'une cour de ferme il y a des millions d'années.

00H05. Le Grand Vent revint la visiter. Tu devrais dormir maintenant Clara. Ne t'inquiète pas, tu le sais : le Cri ne crie qu'une fois et puis s'en va. Demain, tu dois te lever tôt.

Au petit matin, Clara ouvrit grand les fenêtres de sa chambre, décidée à préparer joyeusement l'arrivée prochaine de son homme. C'était la première fois qu'elle se réveillait avant dix heures, elle fut sidérée de voir combien la place du village était magnifique. Un rayon de soleil s'était posé sur la fontaine, il la recouvrait d'un voile rose. Adossée au rebord de la fenêtre, Clara se laissa envelopper par le silence et la lumière de l'aube.

Tout à coup, des dizaines de voitures jaillirent des ruelles avec, à leurs traînes, des silhouettes humaines.

Toutes se dirigeaient de l'autre côté de la place, vers le spot du village : l'école. A y regarder de plus près, la plupart contournait l'école pour se garer sur le parking qui servait d'aire de covoiturage. Beaucoup arboraient une tâche jaune derrière le parebrise ou sur la plage arrière.

Un autocar se faufilait au ralenti entre les voitures, trois ados voûtés grimpèrent en marche. Un 4X4 se posta devant le portail qui s'ouvrit instantanément, et l'engin pénétra à l'intérieur. Le portail se referma aussitôt. Clara n'avait toujours pas vu la maîtresse mais elle avait vu sa voiture.

Le grand abruti à l'écharpe traversait la place en tenant l'enfant triste par la main. Ils s'arrêtèrent à la fontaine. L'homme y plongea le bout des doigts. Il les porta ensuite sur le front de l'enfant, puis tous deux rejoignirent l'attroupement. L'homme distribua les bises au groupe de mères, puis rejoignit celui des pères à coups d'accolades froides et viriles.

Le portail s'ouvrit de nouveau. Les enfants embrassèrent leurs parents. Un tout petit garçon pleurait en agrippant la crinière rousse de sa mère rassemblée en queue de cheval.

Le portail se referma. La moitié des parents rejoignit à pied le parking où des bagnoles continuaient d'affluer. L'heure de pointe dura douze minutes.

Un petit groupe de femmes, entourant l'homme à l'écharpe d'Arlequin, restait à discuter. Il semblait à Clara qu'elles regardaient dans sa direction. Dans le doute, elle leva la main, comme pour se recoiffer. Si quelqu'un interpréta son geste comme un signe amical, personne n'y répondit.

Il ne restait à présent que deux parents : Arlequin et Crinière rousse qui semblait très agitée. Il posa une main sur la tête de la femme et caressa ses cheveux vers l'arrière, entraînant l'élastique dans le mouvement. Ainsi décoiffée, la femme ne bougeait presque plus. Il plaqua ses mains sur ses hanches, elle écarta légèrement les jambes. Il posa ensuite ses pouces sur ses paupières. Il enserra sa tête de ses deux mains avant de la balancer en arrière. La femme ouvrit la bouche, totalement offerte.

Clara était scotchée. C'était la première fois qu'elle assistait à un adultère. Et c'était là, dans un espace public, aux yeux de tous ! Enfin, pas vraiment aux yeux de tous : il n'y avait plus personne, et plus un bruit, sur la place du village.

Les gestes des amants étaient doux, confiants. Chacun dans le don à l'autre. Une relation charnelle à l'état pur, sans amour, sans convoitise. Elle rabattit les lourds rideaux de sa chambre et retourna dans la chaleur de ses draps.

Elle passa l'après-midi à rassembler tous les cartons dans un coin, pour donner un semblant d'ordre à son salon. Elle empilait le dernier quand trois coups secs retentirent à sa porte. Jusque-là, elle n'aurait su dire si elle les avait redoutés ou espérés.

- J'ai vu votre petit signe de la main ce matin, à votre fenêtre. Je voulais savoir si c'était un signe de paix.

C'était l'homme à l'écharpe, l'amant fougueux de la femme rousse, « l'homme aux yeux de Jade », comme disait Flo (« et au gilet jaune dans la poche », pensa-t-elle furtivement). Les yeux de l'homme pétillaient de malice. Son regard était une invitation au badinage. Clara était experte à ce petit jeu, elle n'avait aucune envie d'y résister.

- Peut-être bien, répondit-elle en plissant les paupières pour se donner un brin de mystère.

- Je vous propose de passer l'éponge sur tout ce qu'on a pu se dire hier. On repart à zéro : je ressors, je frappe à la porte, vous ouvrez et on fait comme si on ne s'était jamais vus, d'accord ?

- D'accord ! Je suis très bonne pour jouer la comédie. Mais je peux prendre une douche d'abord ?

J'ai passé la journée à empiler des cartons, je suis en sueur.

-       Surtout pas, il faut que cela soit spontané. Je vous laisse cinq secondes. (Il pensa : elle a tout juste le temps d'enlever son soutien-gorge).

Il compta à haute voix, un, deux, trois, quatre, cinq, se racla la gorge puis frappa les trois coups. Elle ouvrit la porte d'un air exagérément soupçonneux. (Elle l'avait enlevé).

-       Bonjour Madame, je suis…

Elle ne parvenait pas à garder les sourcils froncés. Elle riait. Cela faisait danser ses seins. Il rit aussi.

-       Je suis ému, confus, un peu perdu…

-       Je ne sais si je pourrai vous indiquer votre chemin mon brave, clama-t-elle d'un ton théâtral. Je connais mal la région : je viens d'emménager. Je vivais à Paris, précédemment. Alors, moi aussi, je suis un peu perdue. Je m'appelle Clara, et vous ?

-       Yan. Je suis le maire du village. Enchanté Clara.

Elle serra distraitement la main qu'il tendait. Sans savoir pourquoi, elle était déçue.

-       Quel bon vent vous amène, Monsieur le Maire ?

\-   Je vous en prie, appelez-moi Yan. Tous mes administrés m'appellent Yan. Et me tutoient…

\-   Entrez-donc boire un café, Yan. S'il-te-vous-plait, ne fais pas attention au bazar. Je suis confuse mais, voyez-vous, j'ai déménagé il y a tout juste deux mois et je suis toujours dans les cartons.

\-   C'est moi qui suis confus de venir à l'improviste.

Elle lui désigna la chaise sur laquelle il s'était assis la veille.

\-   Je venais voir si tout allait bien, si vous aviez besoin de…

\-   Je vais extrêmement bien, le coupa-t-elle. Puis elle ajouta d'un ton enjoué : y'aurait-il pas des villageois qui raconteraient le contraire ?

\-   C'est vrai, les gens s'inquiètent, admit Yan en souriant tristement. Ils racontent au maire ce qu'ils ressentent. Ils imaginent que le maire peut toujours tout arranger !

\-   J'irai les rassurer moi-même, si vous le permettez. Je mettrai demain ma plus belle robe et mon plus beau sourire pour faire les courses à cette adorable épicerie-ambulante. On y trouve des choses si amusantes !

- Ce sont des jeunes du coin qui ont monté ça, expliqua Yan, trop heureux de rediriger la conversation sur son terrain. La fille est diplômée de l'école de commerce de Poitiers mais elle ne trouvait pas de boulot. Le gars venait de liquider la station-essence de son père. La communauté de communes a financé le camion et le premier stock. Ça fait un an qu'ils font la tournée des villages. Ça ne remplace pas les petits commerces qui ont fermé les uns après les autres depuis l'arrivée du Leclerc et du Super U, mais ça met de la vie et ça dépanne.

- Oui, c'est pratique, répondit Clara qui ne trouva rien d'autre à dire.

Le silence s'installa. Vite, dire quelque chose, n'importe quoi. Elle pointa du doigt son ordinateur.

- Le haut débit marche très bien.

- Ce fut une longue bataille politique menée avec le département. Dans les zones rurales, les opérateurs ne se sont pas précipités pour nous l'installer. Cela coûte un peu cher aux finances des collectivités locales, mais nous avons considéré que c'était un service public, au même titre que l'électrification des campagnes au début du vingtième siècle.

- Vous avez eu raison. C'est indispensable.

- Vous êtes en télétravail, je crois…

- Oui, pour un cabinet d'avocat spécialisé en droit des affaires. Je défends les brevets de PME françaises à l'international… depuis votre village, sourit Clara.

- La mondialisation… commenta Yan sans finir sa phrase.

- Oui, la mondialisation, répéta Clara sans parvenir non plus à développer un sujet qui ne l'avait jamais passionné.

- Travailler local dans un métier global, dit Yan en hochant la tête d'un air inspiré.

Clara retint un bâillement. Yan but cul sec son café noir et prit congé.

5. « C'était un très joli mariage.

Je veux le même. »

Il revint le lendemain à la même heure. Elle avait ouvert la porte à la volée, sans prendre la peine de cacher sa joie.

- Vous êtes radieuse, l'avait-il félicité.

- Je croyais que tout le monde se tutoyait ici.

- Alors TU es radieuse, répéta Yan et un sourire niais apparut sur son visage.

- Je suis contente : mon compagnon arrive demain soir, se justifia-t-elle.

- Alors, ça y est, il s'installe !

- Il ne vient que pour le week-end, rectifia Clara. Il emménagera définitivement à la Noël.

Elle se mordit les lèvres en s'échappant dans la cuisine chercher les cafés. « A la Noël » ! Mais où était-elle aller chercher cette expression ? Et si Yan se mettait à penser qu'elle essayait de « faire plouc » pour l'amadouer ?

- Nous verrons si nous programmons un mariage pour l'été prochain ou le suivant, déclara-t-elle en déposant les cafés sur la table. Je te tiendrai au courant naturellement. Pour la publication des bans.

- Bien sûr : la publication des bans.

- Pourras-tu également m'indiquer les coordonnées du petit orchestre qui jouait si joliment le jour de ton mariage ?

- C'était la fanfare du village voisin.

- C'était un très joli mariage. Je veux le même, dit Clara en tapant des mains. L'immense table de banquet, les lampions, les petites filles d'honneur…

- Ce n'est pas ce que j'ai fait de mieux, dit Yan en se brûlant les lèvres avec le café.

- C'était il y a quatre mois et tu regrettes déjà ?

Yan haussa les épaules et changea de conversation.

- Il paraît qu'il fera beau ce week-end, il y a de belles promenades dans la région et un riche patrimoine historique…

- J'ai prévu d'emmener Ugo faire le marché, à la halle de Garanzon. Elle est tellement belle, et on adore aller au marché.

-       Elle date du XVIIe siècle, se vanta Yan. Elle a été rénovée il y a 10 ans. Elle accueille des brocantes au printemps et à la rentrée. Il y a aussi un marché de producteurs organisé avec la chambre d'agriculture le deuxième week-end de juillet. Par contre, il n'y a plus de marché alimentaire hebdomadaire.

-       Où vont les gens pour acheter les fruits et légumes de saison ?

-       La mairie a un projet de potager en régie. En attendant, nous allons au super...marché, sourit bêtement Yan.

-       Alors nous irons aussi, dit Clara en haussant les épaules.

-       Je t'apporterai demain des brochures de l'office du tourisme si tu veux, pour les ballades...

-       Viens plutôt samedi, comme ça tu rencontreras Ugo. Il a plein d'idées pour le village...

-       Malheureusement, je pars ce week-end en Bretagne, dit Yan. Il crut bon de préciser, en enroulant son écharpe autour du cou : « un week-end en famille ».

En refermant la porte derrière lui, Clara ressentit un soulagement. Ugo détestait qu'elle s'engage pour lui sans lui en référer avant. Elle s'en voulut deux secondes puis se blottit sous le plaid du canapé où elle oublia tout.

La nuit était tombée lorsqu'elle reçu un texto : « dsl, top top charrette – émoticône langue pendue - pas le tps t apl – émoticône larmoyant - + viendra pas ce we - émoticône très larmoyant – promis we ap – émoticône bondissant ». C'était un copier-coller de celui qu'elle avait reçu le mois précédent. Cette fois, pas de cri ni de scène, elle répondit « OK » sans amertume et s'enfonça plus profondément dans les coussins. Les cloches de vingt-deux heures la réveillèrent. Le chat était toujours devant la porte-fenêtre du jardin. Sa silhouette se découpait dans le clair de lune. Clara replongea dans le sommeil, persuadée qu'il la quitterait si elle montait à l'étage se coucher dans son lit.

Ce n'est qu'au petit matin qu'elle grimpa dans sa chambre. Elle se posta derrière la fenêtre pour se fondre dans la magie de l'aube en attendant de se réveiller tout à fait avec la joyeuse pétarade des autos de 8h20. Quand vint l'heure des amants, il lui sembla que la femme rousse la montrait du doigt en tapant du pied. Clara recula. Quand elle regarda de nouveau les amants, quelques secondes plus tard, Yan décollait ses mains des hanches de la Rousse qui tangua quelques secondes dans le vide, la tête en arrière, avant de faire brusquement demi-tour et s'échapper dans les ruelles.

Clara passa une heure devant son miroir avant de choisir la robe en crêpe de laine orange très courte et très près du corps, aux manches évasées. A Paris, elle la mettait avec des bas et des salomés. Ici, elle serait parfaite sur un jean délavé, avec des bottes mexicaines. Ainsi portée, et dissimulée sous son grand manteau, la petite robe légère à 900 euros ne la ramènerait pas parmi les clients de la camionnette-épicerie, tout en tenant parole : c'était l'une des plus belle de sa garde-robe. Elle s'y reprit à trois fois pour composer un chignon effet « décoiffé », souffla un grand coup et se jeta sur la place du village tout sourire. Elle salua les clients de la camionnette puis se laissa observer des pieds à la tête, les yeux plongés dans l'examen de sa liste de course. Quand vint son tour, les jeunes épiciers semblaient sincèrement désolés.

-       Notre centrale d'achat n'a pas de coca zéro. Nous sommes navrés.

-       Ma cure de désintoxication a été très efficace, je ne suis plus du tout addict, assura Clara dans un éclat de rire. Je vais vous prendre des œufs, des pommes, du pain, du Roquefort, du pâté basque... du riz, du thon, du maïs, des haricots verts, de la tisane, une salade verte.

-       Pas de chamallows ? On a refait le stock...

-       Un tout petit paquet alors, murmura Clara en plissant le nez.

-       Ils connaissent tous nos pêchers mignons, commenta la cliente derrière elle.

Elle avait une bonne tête toute ronde, surmontée d'un gros chignon impeccable dont aucune mèche ne dépassait.

-       Moi, ce sont les cigarettes russes… gloussa-t-elle.

-       Je n'en ai pas mangé depuis des années ! s'exclama Clara comme si elle venait de découvrir la pierre philosophale.

-       Nous en avons six paquets, informa l'épicière.

-       Je suis partageuse, sourit la grosse dame.

-       Alors j'en prends un ! s'enthousiasma Clara en donnant un coup de coude complice à sa voisine.

Elle prit encore le temps de saluer les derniers clients arrivés, rangés en file indienne, en veillant à ne manifester aucune surprise devant leur mine patibulaire, avant de filer dans sa maison. Là, elle s'écroula dans le canap' sans ranger les courses ni enlever son manteau. « Quelle épreuve, Matouche, je suis épuisée », dit-elle au chat.

Quand Yan arriva quelques heures plus tard, il la félicita pour sa prestation, son élégance et son changement de régime alimentaire.

- J'avais un de ces trac, avoua Clara en croisant les bras sur sa poitrine.

- Tu as été parfaite. Ta blouse orange a fait grande impression.

Le regard de Yan suivait les courbes du vêtement, évitant – c'était manifeste – la pointe du décolleté. Sans manteau ni foulard, pieds nus dans ses sabots suédois, Clara découvrait avec nonchalance une sensualité parfaitement étudiée.

- Je ne vais pas rester longtemps, dit-il en se pinçant le nez. Je pars ce soir en Bretagne et ton fiancé ne va pas tarder…

- Finalement, Ugo a trop de travail à Paris, il ne viendra pas cette fois, dit Clara d'un ton trop léger.

- Tu dois être déçue, compatit Yan sans oser tout à fait croire qu'elle était restée ainsi vêtue pour lui.

Clara haussa les épaules. Yan éclata d'un drôle de rire. Clara le suivit sans comprendre : c'était juste bon de mêler son rire au sien. Elle pensa : s'il tente de m'embrasser, je ne résisterai pas. Mais il ne tenta rien et partit en Bretagne en famille.

Contrairement au pronostic de Yan, il plut tout le week-end. Clara le passa dans l'ombre des murs de sa maison, alanguie sur le canap', bien. Elle répondait « OK » aux textos d'Ugo l'informant de l'avancée de son travail. Elle les oubliait au fur et à mesure, puis cessa de les lire, puis cessa de répondre. Dimanche matin, son smartphone l'alerta : c'était l'anniversaire de sa mère. Elle déchira le sachet de chamallows et l'appela. Sa mère était débordée par la fête, n'avait pas le temps de lui parler et Clara décida en raccrochant qu'elles avaient l'une et l'autre le droit de ne pas s'aimer, ni de se fêter à l'avenir leurs anniversaires. Sa mère s'était remariée depuis sept ans à un avocat de Cannes, veuf lui aussi, alors père de deux pré-ados qui appelaient aujourd'hui sa mère « maman ». Elle avait exactement « refait sa vie ». Comment Clara pouvait-elle, depuis son canap' perdu dans un département que personne ne savait situer sur la carte de France, le lui reprocher ? Plus tard, Clara dira que, ce dimanche-là, sa mère était sortie de sa vie. Sur le coup, elle ressentit un vide intense et voluptueux. Un vide qui n'avait rien à voir avec le manque.

Durant la nuit, elle rêva d'une boule de lave tiède flottant dans un espace qui pouvait être son salon. La surface de la sphère incandescente pelait. Les peaux mortes se détachaient par strates sans que la boule ne perde son volume. Il était évident que le cœur de la sphère apparaîtrait bientôt, ceint d'une surface alors vide et pure. Clara se réveilla avant de voir à quoi ressemblait ce cœur, ni comment, privé de peaux, il serait protégé. Mais cela n'avait rien d'effrayant. Elle se réveilla au contraire avec l'impression de comprendre pour la première fois la signification de l'expression « sommeil réparateur ».

6. « *La règle numéro un,*
quand on vit à la campagne,
c'est d'avoir une voiture »

Le lundi, Yan revint à la même heure, en fin d'après-midi, ainsi que tous les jours suivants. Il frappait trois coups, restait dix minutes, le temps que le café refroidisse, et de le boire d'un trait. Ils parlaient de tout, de rien.

Clara l'attendait comme elle attendait le Snapchat du mardi de Christelle, comme elle attendait l'arrivée d'Ugo à Noël, dans une somnolence éveillée, sans impatience.

Pourtant, ces minutes partagées chaque jour avec Yan changèrent sa vie. Elle se réveillait désormais avec le soleil, pour être prête à l'ouverture de l'école. Les voitures arboraient quasi toutes un gilet jaune derrière le pare-brise, le car scolaire aussi. Cachée derrière la fenêtre de sa chambre, Clara guettait surtout les deux amants, les caresses de Yan, l'abandon de la femme... les rares fois où elle les surprit encore la laissaient bouleversée.

Elle revenait à sa fenêtre à midi pour voir la sortie des enfants et parfois à quatorze heures pour leur retour. Elle ne se lavait pas tous les matins mais n'endossait plus l'affreux jogging. Le placard regorgeait de vêtements laissés par les anglais. Ils sentaient bon la lavande séchée. Elle mit quelques jours à oser piocher dans la pile de pulls en laine, de châles et de chaussettes. Portés avec un jean, elle se sentait tout à fait bien. Elle circulait, en sabots, de la cuisine au canapé du salon où, comme elle l'avait fait durant deux mois, elle continuait à s'étendre durant des heures. Mais il n'y avait plus de chamallows sur les coussins, ni de sudokus, ni un seul livre à dispo, juste elle, là, enroulée dans le plaid, le regard perdu, l'esprit vide.

Elle buvait beaucoup, de l'eau du robinet, ne mangeait plus que lorsque son estomac le réclamait – rarement - un œuf dur le midi avec une tartine de fromage persillé (Bleu d'Auvergne, Roquefort, Fourme… cela dépendait de l'arrivage de la camionnette), une pomme avant la visite de Yan, un œuf dur mayo le soir après le coup de fil d'Ugo dont elle n'écoutait plus le bavardage. La paillasse de sa cuisine était désormais impeccable, plus rien ne traînait sur la grande table de ferme qui lui aurait servi de table de travail si son cabinet d'avocats daignait lui en envoyer. Elle ne leur en voulait pas. Elle était au-dessus de tout ressentiment : elle planait au-dessus des sentiments, elle planait au-dessus d'elle-même. Parfois son regard attrapait une mouche, il suivait son vol jusqu'au plafond et là il la regardait elle, corps immobile, si peu vivant emmailloté dans le plaid, tout petit fondu dans la grande maison.

Le chat aussi avait changé ses habitudes. Il somnolait maintenant côté rue, sur le rebord de la fenêtre. Quelques secondes avant l'arrivée de Yan, l'animal bondissait vers la vitre du jardin. Clara enfilait alors ses sabots, pliait le plaid et arrangeait les coussins, enclenchait la machine expresso dans la cuisine, sortait les tasses, ajustait son châle, une mèche de cheveux. Les trois coups à la porte la sortaient totalement de sa torpeur. Alors s'ouvrait une parenthèse joyeuse. Elle reprenait son rôle là où elle l'avait laissé : celui de la jeune et jolie parisienne échouée à la campagne, reine du badinage.

Deux semaines passèrent ainsi, et puis un matin, devant l'école, Yan quitta le groupe des mamans avant qu'elles ne se dispersent. Il contourna la fontaine, tendit ses yeux verts en direction de la fenêtre de Clara et lui adressa un signe de la main avant de disparaître dans les ruelles. Les mamans se poussaient du coude, Crinière rousse haussait les épaules, il était possible qu'elles aient vu.

-       J'ai un cadeau pour toi, dit Yan lorsqu'il débarqua ce jour-là, comme à son habitude, en fin d'après-midi.

-       Un souvenir de Bretagne ?

-       Un chargeur de batterie !

-       So exotic !

-       J'ai pensé que ta 4L, qui n'a pas roulé depuis des mois, en avait peut-être besoin. La règle numéro un, quand on vit à la campagne, c'est d'avoir une voiture.

-       Comment as-tu deviné que je n'avais pas sorti la mienne depuis mon arrivée ? Y'aurait-y pas des villageois qui me surveilleraient, des fois ?

-       Des tas ! Et ils m'ont dit des choses… murmura Yan en plissant les yeux.

Ils restèrent un moment sans parler puis Yan décida qu'il était temps de s'y mettre.

-       Tu ne voudrais pas une bière, pour une fois ? proposa Clara.

Elle sortit des bières périmées du frigo du garage. Yan déboutonnait sa chemise, les yeux déjà plongés dans le moteur. Clara vit les boutons sauter, un à un, entre les gros doigts agiles. Yan fit glisser sa chemise derrière ses épaules. Il portait un marcel blanc qui lui collait à la peau, soulignant une musculature incroyable. « Mon

Dieu, il est gaulé comme un Apollon », pensa Clara en portant la bière fraîche sur son front. Des traces de cambouis commençaient à barbouiller les mains de Yan, son visage et ses avant-bras, quand un bruit de moteur retentit. « Yess ! » grogna Yan en serrant le poing et tous les muscles de son bras ondulèrent à l'unisson. « Super », murmura Clara avant de s'enfuir dans la cuisine. Quand Yan la rejoignit, elle fut soulagée qu'il ait remis sa chemise.

Une semaine passa ainsi. Clara se précipitait dès son réveil à la fenêtre. Elle assistait, en impatience, à l'ouverture de l'école et au départ des voitures. Les gilets jaunes n'étaient plus seulement derrière les parebrises, ils commençaient à boudiner les anoraks et les parkas. Clara le remarquait à peine, une seule chose lui importait : les amants seraient-ils seuls ce matin ? Allaient-ils aujourd'hui s'accoupler de leur si étrange manière ? Quand Yan venait en fin d'après-midi, elle s'efforçait de ne pas regarder ses mains, ne pas y penser, mais un peu quand-même, par jeu ; elle badinait, elle badinait.

Le lundi suivant, Crinière Rousse déboula, en retard, son fils dans les bras. Les parents étaient tous partis, seul Yan l'avait attendue. Le ventre de Clara se mit à battre.

En bas, sur le rebord de la fenêtre du salon, le chat s'étirait. Sitôt débarrassée de son enfant, Crinière Rousse se jeta sur Yan. Elle attrapa ses mains, les posa sur ses cheveux et tendit son bassin vers lui, les bras légèrement écartés, les jambes frétillantes. Il enveloppa son visage de ses doigts crochetés et la femme ouvrit une bouche si grande que Clara crut l'entendre haleter. Les mains de Yan glissèrent jusqu'à la nuque, l'enserrèrent, puis suivirent lentement les lignes extérieures du corps, jusqu'au bassin, et recommença, recommença, et la femme ouvrait davantage ses bras, et tendait davantage ses hanches. Et puis son corps s'immobilisa tout à fait. Yan se détacha. Il maintint un instant ses mains écartées comme s'il autorisait la femme à se libérer d'elles – de fait la femme s'enfuit dans les ruelles. Comme s'il avait l'assurance que toujours elle leur reviendrait.

Clara refit son show à la camionnette-épicerie dans un état second. Elle raconta ensuite à Christelle moult détails sur le véhicule, la bâche à grosses rayures vertes et blanches, l'agencement incroyable des produits dans les étagères… Elle décrivit les personnalités des jeunes épiciers et les allures des clients. Pour une fois elle n'inventa aucun bobard, mais elle ne dit pas non plus la vérité. Rien de Yan. Rien non plus sur la fascination qu'elle vouait aux amants du petit matin.

- Je sais que tu nous regardes, le matin, devant l'école, dit Yan cet après-midi-là en décapsulant sa bière anglaise.

- Et cela te plait-il, que je te regarde, toi avec cette jeune femme qui n'est pas ta femme, monsieur Le Maire ?

Les yeux de Clara lançaient des éclairs de défi coquin. Elle voulait paraître cool : la fille à qui il en faut plus pour être choquée.

- Ce matin, pour la première fois, cela m'a gêné. C'est pourquoi je voulais t'en parler.

- C'était particulièrement intense, ce matin...

- Il y avait urgence.

Clara pensa que décidément, les gens de la campagne étaient bien crus. Elle l'avait joué décontract' et complice – grave erreur - elle n'était plus très sûre de tout à fait maîtriser la situation.

- Elle semblait en urgence, effectivement... bégaya-t-elle.

- D'habitude nous faisons ça au cabinet.

Clara but une grande gorgée de bière au goulot pour se donner une contenance. Cette fois, il était allé trop loin. Elle voulait bien respecter les us et coutumes locales mais en aucun cas subir les récits des exploits virils de ce plouc, fut-il maire du village. Tandis qu'elle cherchait la formule ferme et définitive qui signifierait poliment qu'il pouvait se les garder, ses histoires de galipettes sur sanitaires, l'homme poursuivait son babillage, comme s'il parlait de la pluie et du beau temps, de zone blanche internet ou de restauration du patrimoine local. Elle n'entendait rien. Il semblait à Clara que c'était les mains de l'homme qui parlaient, et ce qu'elles lui disaient la troublait à lui faire perdre la tête.

-        Je lui ai montré deux-trois trucs pour qu'elle le fasse toute seule mais, évidemment, ce n'est pas pareil.

L'alcool dans ses veines, l'estomac trop vide pour l'absorber, les mains qui parlaient, le timbre chaud de leur voix... Clara avait le tournis. Yan s'approcha, tout près. Elle sentait son souffle contre son cou.

-        Veux-tu t'allonger ?

-        Oui, dit-elle en se laissant choir sur sa chaise. Oui, répéta-t-elle d'une minuscule voix tandis qu'une autre, dans sa tête, tentait de la raisonner.

Elle appela le souvenir d'Ugo à la rescousse. Il apparut sous la forme d'un minuscule garçon à la peau grise et aux côtes saillantes, avec un énorme crâne entouré de mèches de cheveux filasses et gras. Elle secoua la tête pour chasser cette vision.

-       Appuie-toi sur moi. Tu préfères aller dans ta chambre ou sur le canapé du salon ?

Clara fit non de la tête, mais son corps s'abandonna totalement dans les bras de Yan. Il cala sa hanche contre la sienne et enroula le bras de la jeune femme autour de son cou. De son autre main, il chercha la taille, il y lova sa paume et la remonta jusqu'à la naissance du sein.

-       Tu es en sueur. Veux-tu aller dans le jardin ? Le vent frais te rafraîchira. Ta peau est chaude comme la braise.

-       Non, je veux aller…

La fin de la phrase se perdit dans un spasme. Clara porta sa main sur son ventre et ferma les paupières dans une grande respiration. Affolée par son audace, elle dit dans un souffle :

-       … aux cabinets.

L'homme la prit dans ses bras et se précipita aux WC. Là, il plaqua Clara contre le mur, une main sur le plexus pendant que l'autre faisait sauter le bouton de son jean. Il la fit glisser au sol et la retourna genoux à terre. Il souleva son bassin à deux mains et le corps de Clara s'ébranla.

Il releva le couvercle des toilettes, posa les mains de Clara sur la lunette et dit en sortant : « vas-y, vide ton estomac. Je m'éloigne un peu mais je ne suis pas loin. Appelle-moi s'il y a un problème. »

Clara resta un long moment sans bouger. Son cœur avait cessé de battre entre ses cuisses et le rouge lui brulait les joues. Elle entendait Yan parler au chat (il lui montrait comment fonctionnait la chatière de la porte-fenêtre). Il allait et venait dans la cuisine, ouvrait les placards, fit couler l'eau du robinet… Ses pas se rapprochèrent. Il toqua à la porte entre-ouverte.

-       Ça va mieux ?

-       Ça va aller.

-       Tu veux un verre d'eau ?

-       Pas tout de suite.

Il s'éloigna de nouveau. Clara n'avait pas bougé d'un millimètre. Elle était exactement dans la position où il l'avait laissée pour vomir : à quatre pattes, cul levé, mains sur la lunette des toilettes. Quand elle prit conscience de sa posture, elle roula contre le mur, rabattit ses genoux contre la poitrine et, d'un mouvement de pied, claqua la porte des WC. Elle était épuisée. Epuisée de désir, de frustration et de ridicule. Un rire monta de sa gorge, en spasmes désordonnés. Pour ne pas que l'homme l'entende, elle se mordait les lèvres ; mais les rires étouffés étaient parvenus jusqu'à lui. Les pas se rapprochèrent de nouveau.

- Ça va ?

- Je vais bientôt sortir. Laisse-moi encore quelques secondes.

- Tu veux que je t'amène en voiture aux urgences de Châteauroux ?

- Je ne crois pas que ce soit si grave, répondit Clara en retenant un nouvel éclat de rire.

- Je te dis ça parce qu'il n'y a plus un seul médecin généraliste dans le canton, alors quand on pense être vraiment malade c'est direct les urgences. Plus personne ne veut être médecin de campagne, c'est une catastrophe, s'enflammait-il derrière la porte des toilettes. Avec tous les regroupements hospitaliers en cours, même les urgences vont être de plus en plus loin… Tu as entendu parler de la désertification médicale, je suppose ?

Non, Clara n'avait jamais entendu parler de ça mais ça l'intéressait beaucoup assura-t-elle en reboutonnant son pantalon.

- Je ne sais pas ce qui m'a pris. Je suis affreusement gênée.

- Ne t'en fais pas.

- Je me sens si ridicule…

- Cela t'arrive souvent ?

-       C'est la première fois.

-       C'est la première fois que tu dégobilles ?

Le mot la fit rire, mais dans sa tête une petite voix répondait « C'est la première fois que je désire un homme comme ça. C'était fort, violent, délicieusement animal ». Elle ferma les yeux avec une volupté qu'elle ne parvint pas à cacher totalement. Yan crut que Clara voulait couper court à une conversation intestinale embarrassante et il lui reparla « désert médical », « regroupement hospitalier » et « fracture sanitaire » en l'entraînant « prendre l'air » dans le jardin.

-       15 millions de Français n'ont pas accès à un généraliste dans leur bassin de vie ! s'emportait Yan en poussant la porte-fenêtre.

Il y avait tant de chaleur dans sa voix qu'on aurait cru qu'il les connaissait tous personnellement. Elle était chaude, bienveillante, terriblement humaine.

-       Attention hein, le phénomène ne touche pas que les territoires ruraux, ajouta-t-il en se prenant les pieds dans le manche d'un balai brosse abandonné sur la terrasse. Dans les villes aussi les citadins manquent de médecins, surtout dans les banlieues HLM.

Clara compatit d'un hochement de tête. Elle s'installa sur la balançoire. Tout près, sous le prunier, Yan tâtait négligemment un fruit, puis un autre, et un autre encore. Il énumérait maintenant avec colère tous les services publics qui s'apprêtaient à ficher le camp les uns après les autres : la maternité, la poste, la CAF, la gendarmerie, les pompiers, les tribunaux… Finalement, il revint tâter la première prune, l'ouvrit et la jeta par terre.

- Qu'est-ce que tu fais ?

- Elle était pleine de vers.

- Beurk !

- Tu ne vérifies jamais les prunes avant de les manger ?

Clara préférait éviter le sujet jardin. Elle n'allait pas lui avouer que depuis deux mois et demi qu'elle était là, elle n'y avait jamais mis les pieds. Elle caressa du bout de sa chaussure l'herbe dans laquelle des petites bêtes sautillaient.

- Comment tu sais tout ça ?

- Les vers dans les prunes ?

- La « kaffe », la désertification médicale, les maternités… Tu ne serais pas un peu « gilet jaune » des fois ?

- Tu prononces « gilet jaune », comme si c'était une insulte, rigola Yan sans répondre à la question. Puis il reprit avec gravité : « Mon métier me permet de mesurer très concrètement, sur la vie des gens, les conséquences des politiques budgétaires imaginés depuis Paris. »

- C'est vrai, tu es maire...

- Ce n'est pas un métier, maire, se moqua-t-il de nouveau. Je te parle de mon métier de kiné.

- Kiné ?

- Kiné : je fais des visites à domicile et j'ai un cabinet à la maison de santé de Garanzon. Je t'ai raconté tout ça dans la cuisine. Tu ne te souviens pas ?

La honte ! Clara avait pris pour un adultère avec la Rousse un acte de kiné ! Elle balança son visage en avant pour masquer son fard. Une fois de plus, Yan se trompa de diagnostic.

- Tu ne te sens pas bien ? Laisse-moi faire.

Il plaça ses mains sur les hanches de Clara d'un mouvement ferme et professionnel, et la fit glisser de la balançoire. Il dit qu'elle devait sentir ses pieds s'enfoncer dans le sol, comme si des racines allaient y puiser de l'eau ou des nutriments. Elle réprima un fou-rire en se concentrant poliment sur les paroles de Yan, sur le poids de son corps à elle à la surface de la terre. Instinctivement, elle écarta les jambes. Elle eut bientôt la sensation que quelque chose se dégageait par les plantes de ses pieds. Ça se faufilait dans la terre à la recherche d'une nourriture vitale. Il posa ses pouces sur ses paupières et lui demanda de respirer par la bouche. Elle obéit en entrouvrant les lèvres. Il enveloppa alors son crâne de tous ses doigts et le balança en arrière. La bouche de Clara s'ouvrit mécaniquement. Des portes s'ouvrirent également dans son cerveau d'où échappa une fraîcheur mentale qu'elle n'avait encore jamais éprouvée. Yan dégagea ses mains. Clara resta encore quelques secondes les yeux clos. Quand elle les ouvrit, ceux de Yan étaient encore fermés. Il était immobile. Seules ses mains bougeaient, elles voletaient comme si elles respiraient. Quand il revint à lui, il grimaçait bizarrement. « Un sourire du fond des âges », pensa Clara.

- C'est géant, ce truc, je comprends qu'on devienne accro !

- Mon arrière-grand-mère me l'a transmis.

- Elle était aussi kiné ?

- A son époque, dans son village, en Bretagne, on disait « rebouteuse » ou même « sorcière ». On venait la voir en cachette pour soigner ses maux de tête. Elle était aussi coupeuse de feu - elle arrêtait les brulures sur la peau, ça je ne sais pas faire - et surtout elle savait écouter les gens. Elle me répétait que c'était ça le secret : écouter toutes les paroles des hommes, celles des voix et celles des corps. On l'appelait « Gwrac'h

Elwenn » : « gwrac'h » ça veut dire « sorcière » en breton et « Elwenn » c'était son prénom. Je fais le même métier, mais maintenant il est beaucoup plus respectable.

- Tu l'utilises souvent, ce... truc ?

- Il ne marche pas sur tout le monde. Les enfants, par exemple, à partir de quatre-cinq ans, ne sont plus du tout réceptifs jusqu'à la fin de la puberté. Les personnes âgées, ça arrive mais c'est très rare. Betty, la jeune femme que tu as vue ce matin, est hyper réceptive. Je ne sais pas d'où ça vient, mais je sais par avance si ça va marcher ou pas. Toi, je savais.

- Tu savais ? se troubla Clara.

- Oui. Mais c'est la première fois que... Non, rien.

- Tu lui fais ça souvent, à Betty ?

- Betty est sujette aux migraines. Il n'y a que ça qui la soulage. Ça ne la soigne pas, mais ça lui permet de vivre mieux.

- Elle n'a jamais vu de neurologue ?

- Un neurologue ? pouffa Yan. Comme tu y vas !

- Ça lui permettrait de savoir d'où ça vient et d'avoir un traitement adapté, se vexa Clara.

-       Oh mais elle sait bien d'où ça lui vient : c'est le stress.

-       Le stress, ici ?

-       Quand ton boulot d'aide-ménagère te confronte tous les jours à la maladie et à la mort, quand tu élèves ton gosse toute seule, quand tu dois rembourser un prêt bancaire parce que tu essaies de créer une boîte, quand tu t'investis dans la vie publique en prenant des risques... que ce soit ici ou ailleurs, oui, figure-toi qu'il y a de quoi être stressée, s'agaça Yan.

-       Ça ne se voit pas qu'elle est femme de ménage, se défendit Clara. Elle ajouta, en tirant sur son pull en laine : ceci dit, je ne ressemble pas spécialement à une avocate...

Yan sourit cette fois avec indulgence, visiblement touché par l'embarras de la jeune femme et les efforts qu'elle déployait pour réparer ses gaffes.

-       Si tu venais, demain matin à l'ouverture de l'école, je pourrais te présenter aux parents ?

-       Pourquoi pas... répondit Clara en faisant tourner une mèche de cheveux entre ses doigts pour se donner une contenance, alors que la perspective de se mêler aux villageois de son âge l'effrayait davantage qu'une plaidoirie en appel.

Yan cueillit une nouvelle prune, l'ouvrit et la jeta encore. Puis il leva les yeux au ciel.

- Je dois y aller, dit-il, la nuit va tomber.

- Oui, ça va jaser... les gens d'ici sont si... taquins.

- Ce n'est pas ça, dit Yan qui n'avait manifestement plus envie de plaisanter.

- Ta femme t'attend pour le dîner...

Le visage de Yan s'assombrit tout à fait. Clara se mordit les lèvres. Elle avait envie de le retenir. Ne pas le quitter sur cette minable allusion. Mais elle ne trouva rien à dire.

Elle regarda la silhouette de Yan traverser la place du village. Un pan de l'écharpe à losanges se balançait dans son dos comme un pendule. Elle s'était trompée. Les amants du matin n'en étaient pas. Une tristesse inouïe la submergea. Aussi intense qu'un chagrin d'amour.

7. « On est comme ça,

nous, les gens de la ville :

on ne juge pas à tout bout de champ. »

Ce soir-là au téléphone, Ugo lui avait parlé sans discontinuer de son projet de tour à Paris Rive Gauche (il avait ajouté une salle de sport-centrale électrique : les gens, en pédalant, produisaient l'énergie pour l'immeuble, il était très fier) et ne lui posa aucune question sur sa journée. Elle avait englouti deux œufs mayo devant le frigo. Par acquit de conscience, elle avait changé la gamelle de Matouche. Le chat avait reniflé les croquettes, il avait cligné ses paupières de velours et il était retourné à la porte-fenêtre.

Clara s'était couchée avant vingt-deux heures. Elle avait dormi profondément. Pas de cloches, pas de Grand vent, pas de Cri. Au matin, elle avait ouvert les yeux en pleine forme juste avant la sonnerie du réveil.

Il pleuvait. A 8h20, plusieurs familles attendaient déjà l'ouverture de l'école. Des papis et mamies en gilets jaunes s'étaient mêlés à elles. Ils avaient - a priori - l'air inoffensif. Clara se maquilla, boutonna son trench et ouvrit son parapluie en cherchant le maire des yeux. Le car scolaire embarqua trois ados encapuchonnés et les petits vieux braillards, puis repartit en faisant jaillir des trombes d'eau sous ses pneus. Des parents protestèrent. Le chauffeur klaxonna d'une main et leva le majeur de l'autre. Clara fit demi-tour. Puis elle se ravisa : « ils m'ont vue. Si je n'y vais pas maintenant, je n'irai jamais ». Elle se tourna de nouveau vers l'école, fit quelques pas, vit les voitures se garer et la foule des parents anonymes qui avait encore grossie, les femmes d'un côté les hommes de l'autre : c'était terrifiant ce mur de séparation.

Les mamans discutaient en la regardant s'approcher. C'était sûr : elles commentaient sa silhouette de godiche, son parapluie XXL ridicule avec les gros perroquets jaunes et verts (un parapluie « Hermès », cadeau de Christelle), et sa gueule de déterrée avec son rimmel qui coulait sous la pluie. Pour la seconde fois, Clara fit volte-face, décidée à courir vers sa maison et s'y barricader. Dans son élan, elle faillit renverser quelqu'un.

- Bonjour Clara ! Toujours fâchée ? Tu veux m'éborgner avec ton parapluie ?

- Yan ! Comme je suis contente de te voir, souffla-t-elle.

-       Moi aussi, je suis content. Je n'avais pas de parapluie, tu tombes à pic.

Elle l'invita à s'y glisser, ainsi que l'enfant. Mais l'enfant restait prostré, comme un robot en panne. Yan recueillit une goutte de pluie et la porta au front du petit qui se remit immédiatement en marche en se collant à lui.

-       Tiens, une nouvelle famille au village ! lança un type à leur arrivée devant l'école.

Les hommes éclatèrent de rire en se poussant du coude. Clara esquissa à tout hasard un sourire.

-       Clara, je te présente Ludo, le blagueur du village.

-       Enchanté madame Clara. Joli le parapluie ; ils en font aussi pour jeunes ?

Cette fois-ci, Ludo rit tout seul. Deux-trois mamans qui s'étaient approchées soupiraient. Ludo haussa les épaules puis gronda un garçon parce qu'il avait retiré sa capuche. Hommes et femmes se mêlèrent en mouvements curieux autour de Clara. Son sourire à elle était figé. L'enfant sans capuche répliqua qu'il ne pleuvait plus et que d'abord il était même pas son père. Clara referma son parapluie et secoua machinalement ses cheveux. Yan poursuivit les présentations. Tout le monde fit la bise à Clara, la tutoya spontanément et lui souhaita la bienvenue. Elle remarqua qu'il y avait de très jeunes parents, à peine 22-23 ans. Certains avaient sûrement son âge, mais comme ils étaient différents ! Elle n'aurait su dire quoi : les manières de tenir leurs corps, leurs fringues, leurs coupes de cheveux, les regards portés sur elle, une sorte de gravité dans les traits du visage (la gravité d'être parents, pensa Clara qui se sentit immédiatement immature), la chamaillerie bon-enfant à laquelle tout le monde avait obligation de se prêter...

Le portail de l'école s'ouvrit et un groupe de gamins s'y engouffra. Yan passa la main dans les cheveux de l'enfant triste qui fit un tour complet sur lui-même avant de pénétrer dans l'école. Betty débloula d'une voiture et arracha de son siège-auto son tout petit garçon endormi qui pleura illico en s'accrochant à son cou. Les yeux de l'enfant étaient d'un bleu outre-mer incroyable, et sa mère les admira avant d'embrasser les paupières mouillées. Une fillette vint le prendre par la main. Le petit se laissa entraîner en sanglotant. « Quel boulet ! » soupira Betty en regardant son fils s'éloigner. Dans son dos, des mamans désapprouvèrent d'un pincement de lèvres ostentatoire.

Ludo partit le premier. Après quelques pas, il se retourna et adressa à Yan un clin d'œil accompagné d'un geste de la main sans équivoque (qui pourrait grosso modo se traduire par « bonne bourre », la grande classe). Yan se pinça une fois de plus le nez. Clara se cramponna au manche de son parapluie.

- Il est drôle une fois sur trois, mais il n'est pas méchant. Je suis Betty.

Les deux femmes s'embrassèrent. Yan les couvait des yeux.

- Voilà, vous vous connaissez maintenant. Je file.

C'était un peu rapide comme présentation et Clara était embarrassée. Betty l'observait avec curiosité, amusée. Elle attendait manifestement un geste. Clara se lança.

- Tu as le temps de prendre un café au sec ? proposa-t-elle en indiquant la direction de sa maison avec la pointe de son parapluie.

Dix minutes après, elles étaient enfoncées dans le canapé, les pieds sous les coussins. Betty avait retiré sans façon ses bottines et son bonnet. La mousse de ses cheveux roux reposait sur ses épaules, entourant son petit minois pâle. Elle choisit l'arôme « capuccino ».

- Il est super bon ton café, Clara.

- Merci.

- Par contre, c'est le bordel ici. Yan m'avait prévenu, mais à ce point-là !

-       Tu l'as dit, Betty ! répondit Clara dans un éclat de rire. Et encore, j'ai empilé les cartons contre le mur, mais il y a encore une semaine il y en avait partout.

-       Je peux t'aider si tu veux. A faire le ménage, le jardin…

Betty avait plongé son regard clair dans son café. Elle baissa un peu plus la tête et répéta en se mordant la joue : « enfin, si tu veux… ». Clara était horriblement vexée bien sûr, et agacée du cancanage permanent (qu'est-ce que Yan avait eu besoin de raconter ses visites à Betty ! Que lui avait-il dit exactement ?), mais elle tenta de n'en laisser rien laisser paraître.

-       Tu prends combien ?

C'était au tour de Betty de ravaler l'affront, ses yeux s'ouvrirent dans un grand étonnement. Clara interpréta mal son trouble.

-       A Paris, je payais 13 euros de l'heure, deux heures par semaine pour le ménage d'un studio de 40 mètres carrés et le repassage. Je veux bien continuer sur ces tarifs même si je me doute que…

-       Stop Clara ! interrompit Betty en levant les mains comme si elle était menacée par une arme.

Betty ravala sa salive. Clara reprit sa respiration pour poursuivre la négociation, se faire bien voir, assurer qu'elle était prête à la déclarer, augmenter le prix pour le jardin, dire qu'elle serait souple sur les horaires…

- Stop ! répéta Betty en fermant les yeux. Je ne suis pas venu te vendre ma camelote. J'ai un boulot salarié d'aide-ménagère au « Siasse », je ne cherche pas à bosser au black. C'était pour te rendre service.

Comme Clara ne semblait toujours pas comprendre, Betty précisa sèchement : « gratuitement ».

- Gratuitement ? répéta Clara effrayée. Oh, je suis désolée.

Betty fut d'abord tentée d'en rajouter. Elle avait une terrible envie de voir comment l'avocate allait plaider sa cause et s'enfoncer profond. Mais Clara ne tenta pas de se défendre : elle était littéralement sans voix. Betty lui tapa dans le coude.

- Ça t'en bouche un coin, hein, la Palisienne ? beugla-t-elle en roulant les « r », la mâchoire démesurément tendue en avant.

Clara sursauta, la regarda de travers.

- On est comme ça, nous, les bouseux : gentils, selviables. On nous plend poul des sauvaches alol qu'on a l'coeul sul'la main.

Betty éclata de rire et Clara la suivit timidement. Elle répétait des « je suis désolée » entrecoupés de spasmes de rire forcé. Betty dit « c'est bon, on va pas y passer l'hiver » et, pour détendre l'atmosphère, elle entreprit de lui raconter son travail au « Siasse », le Centre Intercommunal d'Action Sociale (« CIAS », en fait). Rien à voir avec « femme de ménage ».

Elle commençait tous les jours de la semaine à 10h00 avec Marguerite, une vieille dame incontinente pas commode sur les horaires qui habitait en face de la gare et qui commentait les allées et venues des voyageurs en leur inventant des vies extraordinaires, pendant que Betty changeait les draps, lançait les machines et récurait les chiottes. Elle enchaînait avec Edmée, une centenaire aveugle à qui elle était censée préparer le repas et aider à manger. Mais Edmée n'aimait pas du tout manger avant 13h00 et se débrouillait très bien tout seule. Alors Betty l'emmenait faire ses courses et lui lisait les mots croisés du quotidien local. La vieille dame était très forte : elle reconstituait la grille dans sa tête, c'était impressionnant. Betty lui lisait aussi des romances à l'eau de rose, « mon péché mignon », disait cette ancienne professeure de lettres. A la grande Catherine, malade d'un cancer généralisé à 50 ans, elle faisait les courses, le ménage et prenait sous sa dictée ses souvenirs torrides de jeunesse avec la consigne de les transmettre aux 18 ans de sa petite-fille qui venait de naître et qu'elle ne verrait pas grandir. Après sa pause déjeuner, elle enchaînait avec Julien, 82 ans, un ancien pâtissier qui n'avait plus d'appétit et qu'elle parvenait à nourrir en confectionnant avec lui des gâteaux. Il devait goûter à tous les fruits pour s'assurer de leur qualité et manger une part du produit fini. Ce n'était pas équilibré mais c'était mieux que rien. Cela faisait la joie des enfants du village à qui elle livrait les gâteaux chez la mère de Ludo. La mère de Ludo, surnommée La Nette, était la nounou du village depuis plusieurs générations. Betty elle-même avait été gardée par La Nette quand elle était gamine. C'était toujours chez elle que les enfants se rendaient à la sortie de l'école. Elle était en fauteuil roulant mais ne voulait aucune aide sous prétexte que son fils pouvait bien s'occuper d'elle. Mais mise à part elle, tout le monde convenait qu'il était temps, à 38 ans, que Ludo quitte sa mère. Betty devait sans cesse ruser avec elle, avec la complicité des enfants, pour savoir ce dont elle avait besoin : les aménagements de la maison pour la circulation du fauteuil, les coins à poussière où La Nette ne pouvait pas aller, les rendez-vous médicaux, la liste des courses… Il fallait prouver à Ludo qu'il pouvait quitter le bercail. Ce n'était pas gagné. Betty finissait sa journée avec son voisin, Fernand Dau Pra-Gâton, qui perdait la boule et qui déprimait depuis que ses enfants ne venaient plus le voir suite à un différend sur la vente de ses champs.

Betty était passionnée par son travail. Elle avait un don incroyable pour mimer tout ce petit monde. Clara aurait pu l'écouter des heures. Le chat s'était approché à pas de velours. Machinalement, Betty tendit la main pour le caresser et le chat déguerpit vers son refuge, la porte-fenêtre du jardin.

-       Il n'était pas comme ça avant, s'excusa Clara. Il était curieux des nouvelles têtes, il se laissait caresser par tout le monde, et il mangeait comme un lion... Je crois que je vais le ramener à Paris.

-       Et toi ?

-       Moi non plus je n'étais pas comme ça, sourit Clara et pour la première fois, elle réalisa que Matouche guettait peut-être l'arrivée d'Ugo. Mon compagnon va me rejoindre à Noël. Tant qu'il ne sera pas là, j'ai envie de continuer à vivre dans les cartons. Le jardin, c'est pareil, il me va comme ça : il correspond à mon état d'esprit. Mais c'était sympa de me proposer ton aide. Merci.

-       Tu as l'esprit en friche ? taquina Betty.

-       C'est ça, rigola Clara, en toquant sur sa tête. Avec des prunes attaquées par les vers...

-       Et s'il ne vient pas ?

Clara se contenta de jeter un regard noir à Betty. Pas plus que les jours précédents, elle ne pouvait envisager qu'Ugo la plante là.

-       Excuse-moi, c'est mon côté féministe, grimaça Betty. Faut pas dépendre des mecs dans la vie, sinon on est toujours déçues.

-       Je suis totalement autonome : je bosse en télétravail, j'ai un revenu locatif…

-       … autonome financièrement. Mais dans ta tête ?

-       Dans ma tête ? Je suis carrément dépendante, puisque je suis amoureuse… plaisanta Clara.

-       Moi je suis pour la liberté avant tout, même en amour ! s'enflammait Betty. Je crois qu'il faut être totalement libre pour être vraiment amoureux.

-       Moi, je suis plutôt du genre romantique. J'aime me dire que c'est l'amour qui guide ma vie.

-       L'amour et le fric, c'est pareil. Pour être libre, il faut s'en détacher.

-       Mais on ne peut pas vivre sans…

-       Tu as raison. Mais on peut vivre avec librement.

-       Faire ce que l'on veut avec son salaire, je comprends. Mais…

-       Ah non non non ! coupa Betty. Je ne te parle pas de ça. Je te parle de rechercher une liberté de vie qui ne soit justement pas liée à l'argent.

-       Pourtant, sans argent, tu ne peux pas faire tout ce que tu veux.

-       C'est ça la question essentielle : « qu'est-ce que tu veux ? », dit Betty en tapant du doigt sur un coussin. Et il faut la penser sans introduire ni l'argent ni les mecs là-dedans.

-       D'accord, d'accord : l'argent n'est qu'un moyen.

-       Même pas. L'argent est une pollution.

-       Ça n'empêche pas.

-       Si, justement, ça empêche.

Clara était soufflée. Betty éclata de rire. Si fort, que Matouche en sursauta à l'autre bout de la pièce.

-       Tu fais peur au chat, dit Clara.

-       Je fais peur à beaucoup de monde. N'empêche que le chat a réagi. Je suis sûr qu'il est d'accord avec moi. Je lui filerai les bonnes adresses internet qui parlent de tout ça, histoire de le corrompre tout à fait. C'est très sain. Moi, j'y passe une heure par jour, ça me lave de la radio de ma voiture et de la télé de mes petits vieux. Si j'ai pas ma dose, je me sens pas bien.

-       Tu es cyber-addict ! s'étonna Clara, qui n'avait jamais imaginé que la dépendance au net pouvait toucher les gens de la campagne.

-       Disons que je suis assez active dans pas mal de forums politiques.

-       Tu fais de la politique ?

-       Ce n'est pas ce qu'on est en train de faire, là, depuis dix minutes ?

-       Je veux dire : tu es adhérente à un parti ?

-       Ça ne m'intéresse pas. Mais je suis conseillère municipale et Yan me pousse à fond pour que je me présente aux prochaines élections sénatoriales. Une sénatrice aide-ménagère ! Rien que pour ça, je me lancerais bien. Tu me vois sénatrice ?

-       Pourquoi pas, dit Clara qui de toute façon ne voyait plus très bien dans quelle case ranger la jolie Rousse.

-       Je fais toutes les manifs contre les fermetures de service public, et pas mal d'agit'prop'. Il se prépare un grand truc samedi avec les gilets jaunes, sur le rond-point du Leclerc. Si tu veux, je t'emmène.

-       Non merci, balbutia Clara et Betty feignit de ne pas voir son trouble.

-       Je trouve que c'est rassurant, moi, ce petit vent de révolte. Parce qu'il y en a toujours pour râler mais quand il s'agit de passer à l'action, en général y'a plus personne. Et là, ça a l'air de prendre. Ça durera ce que ça durera mais au moins y'aura eu de l'espoir. Et puis je crois qu'on va bien se marrer…

Betty ouvrait de grands yeux rieurs. Clara ravala sa salive. La conversation tournait dans une direction qui ne lui plaisait pas du tout.

-       Yan m'a dit que tu étais aussi chef d'entreprise…

-       Oh, j'ai monté un kisskissbankbank avec une copine qui crée des pulls, les fabrique et les vend sur Internet.

-       Ça marche ?

-       La création et la fabrication, oui. La vente pas du tout, éclata de rire Betty. Il faut croire qu'on n'a pas le sens des affaires. En attendant, elle tricote pour les gens du village. Ça paie la laine et ça lui fait plaisir.

-       Et ça rembourse ton emprunt ?

-       Ce Yan, il ne peut pas tenir sa langue, grinça Betty.

-       C'est un petit village ici, tout se sait… sourit Clara en haussant les épaules.

-       Alors tu dois aussi savoir que je vis seule avec Myleo et que mon mec m'a plaqué sans laisser d'adresse ?

\-   Oui, s'excusa Clara. Enfin non, je ne savais pas que tu n'avais plus de nouvelles.

\-   Et là, tu te dis : avec ses grands discours sur la liberté, elle n'a que ce qu'elle mérite ? dit Betty en levant le menton.

\-   Non. Je ne pense rien.

\-   Tu te dis : oh ! la pauvre mère célibataire, ce doit être dur la vie pour elle…

\-   Arrête Betty. Je te dis que je ne pense rien, s'énerva Clara.

Betty l'observa en coin. Clara soutint son regard un moment puis lui tapa dans le coude.

\-   On est comme ça, nous, les gens de la ville : on est parfois long à la comprenette, mais on ne juge pas à tout bout de champ. Tu veux un autre café ?

8. « *Les bourges aussi sont marries d'acheter leur pain au Super U.* »

Clara raccompagna Betty à la porte. La jeune femme l'avait embrassée en soufflant un « A demain ? » interrogateur et chaleureux. Clara avait dit « oui, avec plaisir » en pressant son bras. En regardant la voiture de Betty s'éloigner, elle se dit que, peut-être, elles deviendraient amies. Oui, peut-être que dans dix ans, elles riraient de leur première rencontre. « Tu m'avais proposé de devenir ta boniche ! » « Tu pensais me choquer avec ta vie de mère célibataire gauchiste ! »

Lui avouerait-elle un jour les fantasmes érotiques suscitées par la vision des mains de Yan sur son corps ? Sans doute pas. Elle frissonna.

La pluie avait séché sur la place du village. Une femme en manteau long marchait, très classe, laissant filer une main à l'eau de la fontaine. Elle porta à son front un doigt mouillé, tout en poursuivant sa marche vers l'école. Le portail s'ouvrit. La femme pénétra dans l'enceinte et en ressortit presqu'aussitôt avec l'enfant triste, l'enfant robot. Ils firent tous les deux le chemin inverse. A hauteur de la fontaine, alors que la femme plongeait de nouveau sa main dans l'eau, l'enfant fit un signe à Clara. La femme vit le signe. Elle sembla s'en effrayer. Elle vit Clara devant sa porte, les pieds nus, qui souriait à son enfant en lui rendant son salut.

La femme ralentit encore sa marche. Elle regarda de nouveau son enfant, regarda la main toujours levée, sa main à elle immobile dans l'eau glacée, et regarda encore Clara. Elle se dirigea alors droit sur elle. Bientôt, Clara n'eût plus de doute : c'était la femme de Yan, la mariée de l'été.

- Bonjour, je suis Alice, dit-elle. Toi tu es Clara, Yan m'a beaucoup parlé de toi.

De près, son visage semblait moins triste. Peut-être parce que ses yeux lançaient des petits éclairs.

- Il m'a dit que tu faisais du très bon café.

Clara était piégée. Elle était restée là, à rêvasser sur le pas de la porte depuis le départ de Betty. Ça lui apprendra à quitter son canap'. Elle s'écarta sans un mot pour faire entrer la dame. Elle ramena la tasse vide de Betty dans la cuisine et en apporta une autre pleine. Alice était assise du bout des fesses sur le bord du canapé, sans avoir enlevé son manteau. Elle ne semblait voir ni Clara, ni le café qu'elle lui tendait.

-       Regarde-les, murmura-t-elle.

Son enfant s'était lui aussi faufilé dans la maison. Devant la porte-fenêtre, il pointait son index vers le museau du chat qui reniflait le doigt avec une tendre curiosité. L'enfant riait sans bruit. C'était un drôle de spectacle que de voir sa bouche secouée d'éclats de rire sans qu'aucun bruit ne sorte. Le chat ouvrit sa petite gueule. Il semblait ainsi rire, lui aussi. Il découvrait ses minuscules dents pointues et sa langue rose tachetée de gris. L'enfant l'imita. Ils faisaient miroir l'un à l'autre. C'était incroyable.

-       Incroyable ! dit d'ailleurs Alice.

-       Incroyable, répéta Clara.

Matouche se laissait caresser. Même, il arrondissait son dos pour en avoir plus. Il frottait sa tête contre les genoux du petit, qui éclata de nouveau de son incroyable rire muet.

Le chat, le premier, sentit les regards des deux femmes. Un clin d'œil à l'enfant et ils se sauvèrent dans le jardin. Alice et Clara se précipitèrent dans un même mouvement vers la porte-fenêtre, cherchant à distinguer les silhouettes dans les herbes folles. Aucune n'osa franchir le seuil de la maison.

Alice posa les paumes de ses mains contre la vitre, puis son front, et pleura. Ses sanglots étaient bruyants et chargés de morve. Clara lui proposa un mouchoir et du sucre pour le café. Elle accepta les deux dans un grognement distrait.

Quand Clara revint avec ses cafés, ses sucres, ses petites cuillères et des cigarettes russes, Alice était assise par terre, adossée à la porte-fenêtre, son manteau étendu sur elle comme une couverture. Clara posa le plateau sur le carrelage et s'assit à ses côtés. Le carrelage était froid sous les fesses et la vitre aussi, contre les dos.

- Depuis que nous sommes arrivés ici, Matouche se laisse mourir. Il ne veut plus rien avaler, il ne bouge pas de la porte-fenêtre. A Paris, c'était un gros chat gourmand et câlin, qui adorait les nouvelles têtes…

- Matis est autiste, depuis toujours.

- Ah… lâcha Clara.

Alice entendit tout ce qui se passait dans la tête de Clara : « Ah, je comprends maintenant pourquoi il est si bizarre : sa démarche de robot, ses yeux qui ne semblent jamais vous voir, sa bouche qui ne vous adresse jamais une parole, ses manies avec les gouttes d'eau… Toute sa personne qui semble ne jamais être là et dont il faut pourtant supporter la présence… »

- Parfois, quand on met un mot sur quelque chose qu'on ne comprend pas, ça aide à comprendre, dit Clara.

Alice se souvint du jour où le diagnostic était tombé. « Autiste », avaient dit les spécialistes. C'était effrayant évidemment : le mot avait ouvert un gouffre. Mais en nommant le mystère de Matis, il devenait identifié, classifié, étudié. Sa différence avait un nom. On pouvait passer à autre chose : au protocole d'une vie avec un enfant « autiste ».

-       Ce doit être très dur, continua de bafouiller Clara en se frottant les cuisses pour se donner une contenance.

Alice couvrit avec un pan de son manteau les genoux de Clara. Derrière elles, les rayons du soleil chauffaient la vitre.

-       C'est la première fois que je vois Matis rire, sourit Alice.

-       Moi, c'est la première fois que je vois Matouche jouer, dit Clara en tentant de rire aussi. Tu veux prendre le chat ? proposa-t-elle. Je lui donne.

-       Tu es généreuse. Yan nous l'avait dit…

Alice attrapa une cigarette russe qu'elle fit semblant de fumer. Dans son mouvement, le pan de son manteau était retombé. Elle ne le rattrapa pas.

-       … mais réfléchis un peu avant de nous refourguer ton matou miteux. Il risque de te manquer.

Si tu veux bien que Matis vienne le voir de temps en temps…

-       Il vient quand il veut, il est mignon.

-       Si tu veux, je te le donne.

Devant les yeux effarés de Clara, Alice précisa très sérieusement : « Le gosse, si tu veux, je te le donne », puis elle éclata de rire. C'était troublant la vitesse à laquelle cette femme passait d'un état à l'autre. La voilà qui piochait de nouveau dans le paquet de cigarettes russes. Elle soufflait la fausse fumée façon Lauren Bacall en faisant tomber la fausse cendre sur le carrelage.

-       Excuse-moi, humour de mère d'autiste… lâcha-t-elle très vite, et des tics remuèrent la peau de son visage.

-       Il est facile à nourrir ? essaya de renchérir Clara.

-       Des croquettes pour chat, ça fera l'affaire. Et Matouche, pas trop gourmet ?

-       Il aime bien les pâtes au jambon avec beaucoup de gruyère.

-       Faut cuisiner… grimaça Alice, rangeant du même coup tous les tics sous sa peau. Tout compte fait, je garde l'humain.

Cette fois, Clara était à court de réplique. Elle haussa les épaules en tentant un sourire.

-       Cela aussi Yan nous l'avait dit : que tu es bonne en impro. J'adore ! Tu ne voudrais pas rejoindre notre troupe de théâtre ?

-       Il y a une troupe au village ?

-       Mais oui madame ! s'exclama Alice en redressant le buste. On a répet' tous les lundis soir. Attention hein, c'est du théâtre amateur. On fait surtout des impros, des performances dans les fêtes de village. On s'amuse beaucoup. On va faire un show ce week-end au rond-point des gilets jaunes, si tu veux venir… C'est encore top-secret. Chut.

-       Toi ? Tu vas occuper un rond-point ?

-       Et pourquoi pas moi ? se vexa Alice. Les bourges aussi sont marries d'acheter leur pain au Super U et elles n'adorent pas enfanter sur le bord de la route. Tu sais qu'en France, en vingt ans, on a perdu 40% de nos maternités ? Le nombre de femmes qui vivent à plus de quarante-cinq minutes d'une maternité a doublé. Oui, madame : en 20 ans, en France !

Clara avait l'impression d'entendre Yan. La femme du maire l'imitait très bien. Était-ce ironique ?

-       Pour dénoncer la fermeture d'une maternité dans le département, le 1er avril notre petite troupe a participé à un happening très drôle. On a inauguré une « aire d'accouchement d'urgence » sur l'autoroute. On avait détourné un panneau de signalisation et monté une tente d'hôpital de brousse avec des lits de camp déglingués. Yan avait mis son écharpe de maire pour couper le cordon… d'inauguration. C'était très festif.

Clara avait du mal à se représenter la scène. Alice parlait très vite et entrecoupait ses phrases de brefs éclats de rire qui ne facilitaient pas les choses.

-        Pour samedi, sur le rond-point du Leclerc, on a préparé une série de répliques cultes de cinéma et des chansons françaises, poursuivait Alice en roulant les yeux. Les gars du village ont tous appris à l'école le répertoire de Brassens et Ferré. Leur maîtresse était fan, une vraie anarchiste ! Elle fait aujourd'hui partie de la troupe, la mamie chante comme une casserole alors elle joue la chef d'orchestre. Et il faut la voir réinterpréter Maria Pacôme dans La Crise : « Mais bien sûr que ça m'intéresse de m'envoyer en l'air, ça t'intéresse pas toi ? »

-        Tu le fais pas mal toi aussi.

-        Ah mais Marie-France elle est mythique ! Il y aura aussi de vieilles chansons popu, genre « L'Amant de Saint-Jean », « La Java bleue »…

Cette fois, Clara imaginait sans peine les femmes en chignons en rang d'oignons dansant la bourrée, ou la valse, ou tout autre danse antique sentant le chou et le linge mal séché.

-       Mais attention, bondit Alice en pointant un index suspicieux vers Clara, toutes les chansons sont interprétées façon rock, à plusieurs voix. C'est absolument génial. C'est un type qui a vécu un moment au village qui les a arrangées. Un musicien-vagabond, que je n'ai pas connu et dont tout le monde semble avoir oublié le nom. Un des mystères de ce village... Hier soir, en répet', ça cartonnait, même s'il nous manquait du monde. Yan, par exemple, est arrivé très en retard...

Alice marqua une pause. « Elle sait qu'il était ici », paniqua Clara. « Elle sait et elle me teste ».

-       Yan a une belle voix de baryton. C'est un bon chanteur mais c'est surtout un très bon comédien. Depuis que je le connais il fait du théâtre... Cela fait plus de 15 ans, maintenant. On s'est rencontré à l'école de kiné, à Rennes...

-       Toi aussi, tu es kiné ?

-       Et oui ! On travaille dans le même cabinet, à la maison de santé de Garanzon. On se partage : je commence tôt le matin, je fais une grande pause à midi et je reprends parfois deux heures dans l'après-midi, en visites à domicile. Comme ça je peux faire manger Matis le midi et aller le chercher à l'école à 16H30. Yan l'emmène le matin.

-       Alors vous n'êtes du village ni l'un ni l'autre ?

-       Yan vient du Centre-Bretagne, et moi je suis de la ville : je suis Rennaise.

-       Quelle idée de venir ici ?

-       Yan s'est installé quand il a quitté l'école. Je crois qu'il avait une bourse d'étude qui l'obligeait à « donner » ses premières années à un territoire rural. Moi, j'ai débarqué il y a un peu plus d'un an.

Clara en déduisit que Matis n'était vraisemblablement pas le fils de Yan, elle s'en voulu. Alice était partie dans son passé. Elle poursuivait son récit d'un ton soudain las, semblant ne plus parler qu'à elle-même.

-       Yan donnait de temps en temps des nouvelles sur la page Facebook de notre promo. Il travaillait 60 heures par semaine, sans prendre de vacances. Il était épuisé et les gens ici lui demandaient de devenir maire. Il était tenté. La maison de santé de Garanzon avait passé des petites annonces mais malgré les primes, les aides à l'installation, un statut de salarié... aucun kiné ne voulait s'enterrer dans l'Indre.

-       Sauf toi.

-       Quand le père de Matis nous a quittés - moi, Matis et l'autisme – j'étais au fond du trou. J'ai pensé que partir de Rennes serait une bonne idée. Ici, c'est loin de ma vie d'avant, mais pas trop loin non plus, au cas où le père de Matis… Et puis, je pensais que Matis serait plus accepté dans un petit village… »

-        Tu regrettes ?

-        Pour Matis, non. La classe unique c'est bien pour lui : il apprend à son rythme, ou il n'apprend pas, ce n'est pas grave. Les autres enfants le tolèrent. Les parents y veillent (c'est l'avantage de tous se connaître). Yan est content parce qu'avec l'arrivée de Matis, cela faisait un élève de plus à l'école, et il a pu éviter la fermeture. Tu sais ce qu'on dit : « une école qui ferme, c'est un village qui meurt ». Il a construit sa campagne électorale sur la promesse de garder l'école. Avec Matis, il a gagné un an de sursis.

« Sinon, pour moi, je ne me pose pas trop de questions. C'est comme ça qu'avance ma vie. Mon boulot, mon fils, les répétitions de théâtre, mes échappées à la ville pour faire du shopping et boire un café en terrasse, en anonyme. J'achète une douzaine de baguette bio que je mets au congélo… Parfois je craque, je fais des trucs insensés, riait Alice, mais Yan est toujours là pour me repêcher et il s'occupe bien de Matis. Il sait le calmer, avec son truc-là, que lui a légué sa grand-mère, celle qui tricotait des écharpes porte-bonheur en losanges…

-        Gwrac'h Elwenn…

-        Je lui dirai que tu te souviens de son nom. Ça lui fera plaisir.

Clara se leva. Elle ramassa le plateau et le rapporta dans la cuisine.

- Arrêtez de parler de moi dans mon dos ! C'est insupportable. J'ai l'impression d'être sous surveillance.

- Je te comprends. Moi aussi j'ai eu du mal à m'y faire. C'est un petit village ici, tout le monde se connaît, tout se sait, ou se devine… répondit Alice qui l'avait suivie dans la cuisine. Les mamans ne parlent que de leurs gosses, sauf à moi parce le mien est différent, alors c'est comme s'il n'existait pas. Celles qui n'ont pas d'enfant ont déserté le village, par ennui ou mises au ban, je ne sais pas. D'une certaine manière, j'aime cette distance, elle me protège de ma différence. Je préfère ne pas savoir ce qu'ils racontent sur ma famille. C'est leur histoire, pas la mienne. La mienne, je te l'ai racontée à toi, que je connais depuis une heure ! S'il te plaît, ne dit pas à Yan que j'ai pleuré. Yan n'aime pas me voir pleurer. Et moi, je te promets de ne pas lui parler de « Gwargamelle ».

Alice enfila son manteau, elle déclara qu'il était temps de nourrir son fils avant de le ramener à l'école. Clara secoua le paquet de croquettes pour chat qui traînait sur la paillasse. « J'ai ça, si vous voulez grignoter à la maison… » Alice inspecta les ingrédients et décréta qu'il y avait trop de lactose, qu'elle était allergique, et qu'elle reviendrait le lendemain avec un pic-nic.

9. *« Dans les free, on trouve de tout : shit, exta, coke, speed, champignons... »*

Clara et Matouche raccompagnèrent leurs invités. Sur le pas de la porte, Alice déclara « Quand je t'ai vue ce midi, à la sortie de l'école, devant la porte de ta maison, j'avoue : j'étais jalouse ». Clara voulut protester, dire qu'elle n'était pas une briseuse de mariage, qu'elle-même avait un compagnon, que... Mais Alice ne la laissa pas parler. Elle poursuivait de sa voix un peu moins lasse : « A moi, Matis ne m'a jamais fait signe de la main. A personne d'ailleurs. C'est pour ça que j'ai hésité à venir te voir. Je ne regrette pas. Il se passe des choses magiques ici ».

Une voiture pénétra en trombe sur la place du village et stoppa net devant elles.

-        Salut, les filles ! Ça papote ? lança Ludo en baissant sa vitre. On compte sur vous sur le rond-point samedi, hein ?

-        « Quoi, une grève ? Et bah alors, il manquait plus que ça », gronda Alice. Elle se tourna vers Clara : « c'est mon usine qui s'est mise en grève ! »

-       « Bah moi aussi j'me mets en grève », dit Ludo en tapant sur son volant. « J'en ai marre, marre, marre, marre. »

-       « Qu'est-ce qu'y dit ? Qu'est-ce qu'y dit », gronda Alice en trépignant sur ses pieds. Elle tapa sur le toit de la voiture : « Je leur interdis de faire grève ! Vous m'entendez ! Non, je vous dis non ! Alors écoutez-moi... vous faites comme d'habitude... »

-       « ... vous promettez tout, et moi je ne donne rien » (*), acheva Clara timidement.

Ludo esquissa un sourire de connaisseur en remettant ses lunettes de soleil, cette petite était étonnante. Il démarra en trombe et s'engouffra dans la première ruelle. Dans un seul élan, les deux femmes le saluèrent d'un mouvement joyeux de la main.

-       Dans une heure, tout le canton saura que Clara est fan de Louis de Funès, murmura Alice sur un ton dramatique à la BFMTV. Tu ne peux plus échapper au rond-point, « ma biche ». M'est avis que tu y seras très attendue.

Alice s'éloigna en serrant la ceinture de son long manteau, Matis et Matouche à ses basques. Clara fonça sur son ordinateur pour consulter les horaires de train pour Paris. Elle voulait bien faire des efforts d'insertion, mais pas en faisant la guignole sur des ronds-points annexés par des vieux ploucs en colère et des théâtreux complaisants. L'écran clignotait. Cela signifiait que les affaires reprenaient après dix jours de silence radio. Les billets attendront, Clara plongea avec délectation dans le taff. Elle n'en émergea qu'avec la visite de Yan en fin d'après-midi. Elle fut froide, prétextant la complexité juridique dans laquelle l'avait plongé sa nouvelle affaire. Il s'enquit de la performance du haut débit et fila vite. S'il avait espéré débriefer les visites de Betty et d'Alice, il était reparti bredouille. Bien fait. Clara aurait apprécié qu'il évoque lui-même sa petite vie de famille et ses prouesses de comédiens. Et pourquoi ne l'avait-il pas invitée à la rond-point-party de samedi ? Aurait-il honte de sa nouvelle administrée ? Serait-il gêné de se montrer avec elle publiquement ? Aurait-il peur d'afficher leur complicité auprès de sa femme ?

En début de soirée, Ugo lui envoya un texto « big taf. T'apl demain ». Elle balança « Big taf too », se coucha dans son lit avec son ordi et plongea dans son argumentaire juridique. Elle dormit mal, fut réveillé trop tôt par Betty.

-       Laisse-moi juste prendre une douche. Ça te dérange de faire le café ?

-       Je peux utiliser les tasses du Prince Albert ? la pria Betty en joignant les mains. Et comme Clara fronçait du nez, elle précisa. Le service à café des anglais ? Avec les dessins de faisans et de chiens de chasse ? Ne me dis pas que tu n'as jamais ouvert le placard à vaisselles !

Clara secoua la tête. Non, ça ne lui disait rien cette histoire de dindons sauvages. Elle resta longtemps sous la douche. L'eau brûlante lui fit du bien, ça commençait à cailler sec dans cette baraque. Ugo, si frileux, ne parviendra jamais à s'adapter.

Quand Clara redescendit dans le salon, elle découvrit, posé sur la table basse, un horrible plateau aux motifs de chasse sur lequel trônaient deux tasses en porcelaine, un sucrier, un pot à lait et une coupelle de cigarettes russes montées en pyramide. Elle éclata de rire. Betty était ravie de son effet.

-       C'est chic, hein ? Et ça ne vaut rien sur LeBonCoin !

-       Les gens ne savent plus ce qui est beau, rit Clara.

-       A la santé de la Reine d'Angleterre !

Clara se cala dans les coussins et rabattit le plaid sur ses genoux. Elle porta une tasse à ses lèvres.

-       J'ai rêvé cette nuit de ta question « et s'il ne vient pas »…

-       Et ?

-       … et je n'ai pas bien dormi.

Clara vida sa tasse et la posa sur le plateau. Elle se tortillait pour couvrir l'intégralité de son corps avec le plaid. Seul son visage dépassait. Il était pâle. Et elle semblait avoir envie de causer.

-       Vous vous connaissez depuis longtemps ? tenta Betty.

-       Trois ans.

Clara esquissa un sourire. C'était une belle histoire que la sienne.

-       Ma meilleure amie m'avait entraînée dans une soirée. Le genre de soirée que je déteste : uniquement des gens de sa profession - elle travaille dans l'immobilier. On fait semblant d'être potes. On se bourre la gueule au vin bio à 100 boules la bouteille, on parle shopping à New York et voiliers chez papa à Carnac, on dit du mal de ceux qui ne sont pas là, on mange des hamburgers nains à la sauce wasabi et de la glace à la marijuana… La cocaïne est dans une boîte à sucre à dispo dans le placard de la cuisine, tu vois le genre ?

-       Pas trop, non. Ici, les hamburgers c'est Mac Do' et la marijuana on la fume.

- Vous la faites pousser dans les jardins ?

- Qu'est-ce que tu crois ? Nous aussi on a nos dealers ! Ils arrosent avec générosité tous les villages. On pêche régulièrement des seringues dans la fontaine. Dans les élevages intensifs, les ouvriers carburent à la coke. Et dans les free, on trouve de tout : shit, exta, coke, speed, champignons…

- Les free ?

- Les free-parties ! Les raves illégales, quoi…

- Tu y as déjà été ?

- Quand j'étais jeune…

- Et tu… consommes ?

- C'est un peu difficile d'écouter cette daube sans un p'tit shoot… Mais j'ai arrêté. Je suis mère de famille maintenant.

- Il y en a souvent dans le coin ? s'affola Clara, en pensant que c'était typiquement le genre de distraction auquel Ugo ne saurait pas résister.

- A partir du printemps, il y en a tous les week-end à 100 kilomètres à la ronde. T'inquiète ! Les teufeurs ne sont pas méchants, ils se détruisent entre eux : ils se volent, se tapent sur la gueule… Après, ils ont tout oublié et redeviennent doux comme des agneaux. Ma voisine en a trouvé un, un dimanche après-midi, pendant qu'elle ramassait des mûres. Elle a entendu des râles dans les buissons. Le gars était couvert de tatouages des pieds à la tête. Il était déshydraté, épuisé, il ne pouvait plus se lever. Il s'était chié dessus et pleurait comme un bébé. Ça faisait une semaine qu'il avait quitté la teuf et qu'il errait dans la nature. Quand les gendarmes et les pompiers l'ont sorti de là, il voulait les embrasser !

Betty éclata de rire. Devant la mine ahurie de Clara, elle se reprit très sérieusement et très vite.

- Enfin, une free tous les week-ends, c'était avant. Depuis deux-trois ans, les gendarmes sont en alerte. Ils ont infiltré les teufeurs et reçoivent les infolines qui préviennent des lieux de rassemblement. L'alerte tombe quand la fête démarre. Il n'y a pas grand-chose à faire pour l'arrêter. Le matos est déjà installé. Les gendarmes se contentent de quadriller les routes d'accès au spot pour choper les possesseurs de stup. Des filières ont été remontées. Les gars viennent maintenant les poches vides. Les dealers qui parviennent à passer entre les mailles montent les prix. Il reste l'alcool mais, même à haute dose, ce n'est pas le même trip. Aujourd'hui, dans l'Indre, des free, il n'y en a presque plus. Le risque, c'est que l'État décide de fermer des brigades de proximité ou de réduire les effectifs. Alors, c'est clair, dans le mois qui suivra le départ des gendarmes : elles reviendront. Pour le moment, il faut plutôt imaginer des boîtes de nuit en plein air avec des murs d'enceintes de 10 mètres de long, de la musique de merde et de l'alcool qui coule à flots. A mon avis, ce qui s'y passe n'est pas pire que dans les boîtes parisiennes, ou dans les soirées de ta copine agent immobilier.

- Tu as sûrement raison, dit Clara. C'est juste que je me disais qu'à la campagne, forcément, l'air était plus pur…

- Bon, tu continues ? Tu en étais à la cocaïne dans le pot à sucre…

Clara peinait à retrouver le fil. Elle ne parvenait pas à supprimer la vision d'Ugo saoul, leur bébé dans les bras, s'agitant et beuglant devant des enceintes géantes posées comme des ovnis au milieu de la pampa.

Le récit de sa rencontre avec Ugo était pourtant bien rodé. Elle l'avait racontée des centaines de fois. Il suffisait d'appuyer sur le bon bouton. Il était où déjà ?

- Je m'ennuyais grave à cette soirée. Je m'étais réfugiée sur le balcon et je regardais vaguement le coucher de soleil sur la Tour Eiffel. A un moment, j'ai senti une présence tout près. Nous sommes restés longtemps comme ça, l'un à côté de l'autre, sans se regarder, sans se parler. C'est comme ça qu'on a fait connaissance, par des sens dont j'ignorais l'existence. C'était magique.

- Tu parles, il t'avait repérée depuis longtemps. Il t'a suivie sur le balcon et il t'a emballée fissa, rigola Betty.

- C'est ce qu'il m'a avoué après, reconnut Clara. A un moment, il m'a dit un truc qui m'a paru sur le coup totalement incroyable. Il m'a dit : « c'est moche, hein ? » Et oui, c'était hideux ce coucher de soleil sur cette ferraille géante. C'était exactement ce que je pensais sans le savoir. Après, il m'a dit : « Tu vois ces étoiles. Les étoiles, c'est ce qu'il y a de plus beau à Paris parce qu'on peut les voir de tous les endroits du monde. Regarde-les bien, dans quelques années, on ne les verra plus, à cause de la pollution, à cause de nos sociétés qui ne savent pas voir la vraie beauté des choses. Un jour, tu regarderas le ciel parisien sans étoile et tu te rappelleras de cet homme un peu fou qui, un jour, sur un balcon, face à l'étron de fer, t'avait annoncé la fin des étoiles… » J'ai fermé les yeux pour mieux boire ses paroles. Mais il ne parlait plus. Il a posé ses doigts sur mon visage et il m'a embrassée.

Matouche était revenu, l'air de rien. Il s'approcha du canapé et cette fois, Betty ne tenta pas de le caresser. Clara lui tendit la main. Il feignit de ne rien voir et ressortit par la chatière. Elle se mit à pleurer. Betty la prit dans ses bras et lui tapota les épaules. « Je suis fatiguée, j'ai travaillé tard hier soir », s'excusa Clara.

« Bien sûr », dit Betty. « Je suis un peu perdue aussi ».
« Aussi », répéta Betty.

Elles restèrent un moment silencieuses puis Betty s'excusa que Marguerite « n'était pas commode sur les horaires », l'embrassa chaleureusement et partit débuter sa journée de travail. Clara envoya son rapport juridique et se rendormit sur le canapé.

10. *« J'essaye de manger bio,*

je fais mes yaourts,

et j'adore les pique-niques.

Pour les gens d'ici, c'est bizarre.

Ils doivent penser que c'est pour ça

que mon fils est autiste. »

Alice toqua vers midi. Elle avait un gratin de courgettes dans les mains et, à son coude, un panier d'osier contenant une nappe à carreaux, du pain et des yaourts faits maison.

- C'est mon côté « bobo », s'excusa-t-elle en étalant la toile cirée sur l'herbe mouillée du jardin. J'essaye de manger bio, je fais mes yaourts, et j'adore les pique-niques. Pour les gens d'ici, c'est bizarre. Ils doivent penser que c'est pour ça que mon fils est autiste.

- Humour ? vérifia Clara dans un clin d'œil.

- Humour, confirma Alice.

\-   Alors entrez.

Matis était déjà dans le jardin à courir après Matouche. Alice était venue rien que pour ça, voir son fils avec le chat. Sur la terrasse, enveloppée dans son long manteau, sa silhouette tanguait au moindre souffle de vent. Clara installait le repas. Elle posa deux coupelles identiques sur le bord de la nappe. L'une contenait des croquettes, l'autre une part de gratin coupée en carrés et un sandwich au pâté. Elle cria « à table » et Matis sauta de la balançoire. Matouche à ses talons, il se précipita vers la nappe. Le chat ne toucha pas aux croquettes mais lécha les doigts parsemés de pâté que l'enfant lui tendait. Puis ils repartirent en sautillant au fond du jardin.

\-   C'est merveilleux, soupira Alice en s'asseyant sur la nappe.

Elle se mit à pleurer. Elle avait vraiment une manière très particulière de pleurer : immobile, sans pudeur, sans éclats, sans bruits, seuls ses yeux se mouillaient. Il semblait à Clara que les larmes diluaient la couleur de ses iris. Ils étaient d'un bleu lavande, presque transparents. Clara les imagina turquoises, vifs et pétillants, dans les rues de Rennes, « avant ».

Les pleurs d'Alice étaient tristes mais sans colère, et semblait-il sans désespoir.

-       C'est difficile à expliquer : Matis est la personne que j'aime le plus au monde, je suis heureuse de le voir comme ça avec ce chat, j'aimerai tant le prendre dans mes bras… Non, en fait, je ne suis pas heureuse, bafouilla-t-elle. Je ne sais pas. Je ne suis pas la mère qu'il lui aurait fallu.

Clara n'avait qu'une très vague idée de la maternité. Elle avait envie d'avoir des enfants, trois, mais jamais elle ne les avait imaginés autrement que joyeux, espiègles, pétillants de santé et de malice. Evidemment polis, beaux, câlins. Evidemment normaux. Elle imaginait s'inquiéter à la première fièvre ou à la moindre chute ; et les rassurer de toute sa tendresse.

-       Il ne veut jamais être câliné ?

-       Il se laisse faire, mais il ne donne rien. Il est là, toujours là, et pourtant il me manque.

Matis était revenu en bordure de la nappe. Il se tenait debout, dans sa position de robot à l'arrêt. Alice tendit une main vers lui. Une main suppliante que Clara aurait voulu ne pas voir. Elle murmura « viens, mon petit lapin ». Mais l'enfant ne bougeait pas. Alice laissa tomber sa main inutile, remballa sa tendresse une fois de plus, et pleura de plus belle.

Elle pleurait en buvant au goulot d'une bouteille : l'eau entrait par la bouche et ressortait par les yeux. C'était un circuit court et fermé, mécanique, impressionnant.

Cette femme « pleure comme une fontaine », se dit Clara et elle pensa à la fontaine du village où Matis avait son rituel. Elle recueillit une larme sur les joues d'Alice et la déposa sur le front de l'enfant. Le visage de Matis restait figé, mais quelque chose dans son corps se mit en mouvement. Il reprit sa course dans l'herbe.

Les deux femmes restèrent longtemps silencieuses, leurs visages tournés vers le soleil. Clara se promit de se détacher plus souvent du canapé. C'était bon cette lumière, et cette chaleur, infusant par les pores de la peau. Un peu flippant aussi, cette énergie qu'elle transportait dans son corps, insufflée par Yan l'autre soir, ou impulsée, ou réveillée. Avait-il pareil marqué le corps d'Alice ? Clara eut envie de se rapprocher d'elle, de coller son dos contre son dos, mais elle n'osa pas. Le corps d'Alice avait une dimension intouchable du fait qu'il était pénétré de Yan.

Un peu avant quatorze heure, Matis se posta entre sa mère et le soleil. Il avait son cartable sur le dos.

-        C'est l'heure du départ, confirma Alice en ouvrant ses yeux lavande au vent. Pas besoin de regarder ma montre : Matis a une horloge interne bien réglée.

C'était un reproche évidemment, mais qui pouvait juger ? « Matis prend son énergie dans les larmes de sa mère, pensa Clara, c'est le fluide électrique qui actionne son corps de robot ». Ils faisaient peur tous les deux, et pourtant Clara n'avait pas peur. Une pulsion du fond des âges la portait vers la dame blessée aux yeux lavande. Le sentiment partagé d'être pareillement perdue peut-être.

Cet après-midi-là, Yan s'attarda devant sa tasse à café bu. Il voulait savoir si la voiture marchait bien, le wi-fi, et si la bombonne de gaz n'était pas vide. Il n'écoutait pas les réponses de Clara. Elle n'écoutait pas ses questions. Alors ils se turent sans s'en apercevoir. Clara se voyait toute petite chose près de lui, dans l'immensité de la maison. Elle posa en pensée ses mains sur le torse de l'homme, son front au milieu, comme Alice avait fait contre la vitre du jardin. Yan inspira plus fort, ses poumons s'abreuvaient d'un air inconnu, un souffle frais tout contre sa cage thoracique.

Ils se quittèrent aussi émus que s'ils s'étaient touchés.

11. *« Elle part à pied, dans la campagne, elle dort dans des cabanes de chasseurs, ou dans des fossés, un jour on l'a retrouvée perchée dans un arbre »*

Le lendemain matin, Clara, en pyjama, observait comme à son habitude le ballet des voitures devant le portail de l'école. Des enfants s'en échappaient par les portières, cartables sur le dos, pressés de se chamailler. Des parents piétons attendaient l'ouverture en discutant, hommes d'un côté, femmes de l'autre ; les vieux en gilets jaunes faisaient bande à part. Le car scolaire s'arrêta et repartit. Le 4X4 de la maîtresse entra, puis le gros des enfants. Clara imaginait Ugo en discussion avec le groupe des papas. Il n'aurait pas peur, lui, d'aller au-devant des inconnus et d'entamer la discut' sans façon. Il serrerait les pognes, lancerait des blagues, causerait toitures en bois… s'il venait. Viendra-t-il ?

Betty décrochait Myleo de sa queue de cheval, l'embrassait sur les paupières. Yan passait la main dans les cheveux de Matis. L'enfant fit un tour sur lui-même et entraîna Myleo dans l'école par l'épaule. Yan tourna la tête vers la fenêtre de Clara. Elle recula. Cinq minutes plus tard, on frappait à la porte.

-       Tu m'offres un capuccino ?

Betty s'affala dans le canapé en râlant.

-       Qu'est-ce qu'il est saoulant parfois Yan…

Clara ne releva pas. Elle n'avait vraiment pas envie de parler de Yan avec Betty. Mais l'autre insistait.

-       Tu fais le café pendant que j'enfile un jean ?

La diversion avait marché. Quand Clara redescendit les escaliers, il ne fut plus question de Yan. Betty était pâle. Elle porta les doigts à ses tempes, demanda de l'eau, une aspirine, de fermer les rideaux. Clara se précipita, paniqua : elle ne trouvait pas son carton « pharmacie ». Betty était maintenant debout. Elle respirait bruyamment par la bouche. Elle porta en tremblant ses mains sur son visage crispé.

-       Fais-moi le truc de Yan, supplia Betty. Il dit que tu as le don, s'il te plait.

Clara retourna fébrilement à ses piles de carton, elle n'avait pas dû bien entendre, ou Betty délirait. Mais

Betty se tordait la tête sans retrouver les gestes de Yan. Alors elle lui prit les mains et posa les pouces sur ses paupières. Betty ouvrit la bouche plus grande mais sa respiration était toujours saccadée. Clara lui dit de penser à la terre sous ses pieds, à la vie qui émanait de cette terre. Mais ses pouces voletaient toujours sous la pression des paupières affolées. Elle aurait tout donné pour l'apaiser. Elle laissa venir en elle les tressautements, les respira par les doigts, parla.

- Pense à la mer, à la couleur de la mer bretonne, bleue turquoise, bleu marine. Pense aux mouvements du vent sur la mer, doux. Tu le vois le vent ? Tu vois le visage de la mer dans la douceur du vent ?

Betty écarta les jambes et porta son bassin en avant. Clara guida les pouces de la jeune femme vers son crâne. Elle les entraîna le long de la nuque, puis du buste, avant d'envelopper les hanches un court instant. Alors les bras de Betty s'écartèrent comme un envol d'oiseau et ses pouces se posèrent au sommet de son crâne. Elle recommença le mouvement seule, plusieurs fois. Elle finit par rouvrir les yeux. Elle regarda sa montre comme pour interrompre une conversation anodine et déclara qu'elle devait partir tout de suite pour ne pas être en retard chez la vieille Marguerite. Clara était perplexe, à la fois vidée et tonifiée.

- Yan t'avait dit que j'avais le don ?

-        Il te plaît, non, Yan ? esquiva Betty en enfilant ses bottines.

-        Pas du tout ! Pourquoi tu dis ça ?

-        En tous les cas, toi, tu lui plais.

-        Il te l'a dit ?

-        Je sais lire ces choses-là… Chacun ses dons !

-        Mais enfin, Betty, Yan est marié, il a un enfant…

-        Qu'est-ce que tu racontes ?

-        J'étais à son mariage cet été. C'est même ce jour-là que je suis venue pour la première fois au village ! Tu y étais aussi, je me souviens, tu avais une fleur de tournesol dans les cheveux…

-        Ah oui, le mariage… dit Betty en enfilant son manteau, visiblement de plus en plus pressée de partir.

Clara la rattrapa sur le pas de la porte.

-        Ne me dis pas qu'ils sont déjà séparés ?

-        Je ne te dis plus rien, ma belle petite curieuse, répondit Betty en lui faisant une pichenette sur le nez. Tu n'as qu'à lui demander.

Betty avait laissé Clara désemparée devant le seuil de sa maison. De quel lointain ancêtre breton – ou non - avait-elle hérité le don de stopper les migraines ? Avait-elle tapé dans l'œil du maire ? Betty était-elle une amie ? Ugo allait-il la planter ? Quelle sorte de curiosité animaient les gens d'ici ? Pourrait-elle se faire à ce mélange nauséabond d'indiscrétion, de médisance, et de pudeur de gazelle ? Les questions tourbillonnaient en volutes hypnotiques. Elle se posa dans son canap', s'endormit en deux secondes.

Des petits coups irréguliers frappaient contre la porte d'entrée, ponctués par des miaulements de chat, ou peut-être étaient-ce des petits rires d'enfants ponctués de grattements de griffes de chat… Matis et Matouche voulaient se mettre à l'abri. La pluie avait repris. Ils étaient trempés. Clara chauffa du lait, tartina de miel deux tranches de pain, y planta les deux dernières cigarettes russes en guise de mât, et remplit un bol de chamallows. Elle posa le tout sur la pierre de la cheminée en se promettant d'acheter vendredi un stock de biscuits à la camionnette.

De la fenêtre, la place était déserte.

Matis était-il sorti seul de l'école ?

Avait-il échappé à l'attention de sa mère ou de Yan ?

Yan et Alice s'aimaient-ils encore ?

Ugo la rejoindra-t-il ?

Quels nouveaux mensonges inventer pour Christelle ?

Que faisait Matis avec les chamallows ?

L'enfant avait enfilé les guimauves au bout de ses doigts. Matouche les léchait, passant de l'un à l'autre, comme s'il jouait du piano. D'ailleurs, Matis chantonnait, une note différente à chaque doigt. Une mélodie douce inconnue d'elle.

Elle commençait à étudier une nouvelle affaire tombée dans l'après-midi, quand la porte s'ouvrit sur la silhouette massive de Yan. « Matis est là ? »

Il repéra tout de suite l'enfant sur la pierre de la cheminée et souffla. Il s'attendrit bientôt de la mélodie que chantait Matis, le chat à ses côtés. Il n'avait pas refermé la porte. Le froid s'engouffrait dans le salon. Clara fut émue de le voir là, ce grand gaillard à l'écharpe en bataille, les losanges dégoulinant sur sa parka, les bras ballants, un doux sourire flottant sur ses lèvres. Il sentit son regard et le sien se perdit dans les rayures du carrelage. « Oui, Matis est là », dit Clara, pour dire quelque chose, pour sortir Yan de son trouble et pour maquiller le sien. « Tu veux une bière ? », ajouta-t-elle et elle se sauva dans le garage. Quand elle revint avec le pack (le dernier laissé par les anglais), l'enfant chantait toujours, des petites croches aigues à présent, tandis que le chat mordillait les touches de guimauves. Matis battait la mesure avec la tête, le visage impassible.

-       Il est bien : là, dit Yan. Je ne l'ai jamais vu aussi bien.

-       C'est ce que dit Alice.

-       Elle m'a dit, oui.

Que s'étaient-ils dit ? Clara se posa la question, mais sans y penser vraiment. Elle était heureuse que Yan soit là.

La nuit commençait à tomber. Clara alluma une lampe près de la cheminée puis une autre près du fauteuil, puis une autre près de Yan. Elle le frôla, frissonna.

-       Tu as oublié de fermer la porte, souffla Clara, ça pèle.

-       Ah bon.

-       Tu ne t'en rends pas compte parce que tu as gardé ton écharpe et ton manteau.

-       C'est vrai, s'étonna Yan en regardant ses manches.

-        Tu veux rester un peu ? Tu n'as pas théâtre ce soir ?

-        Oui. Enfin, non. Je dois retrouver Alice. Enfin, je ne sais plus. Je ne sais pas quoi faire.

-        Assieds-toi, dit Clara en lui tendant une bière. Dis-moi ce qui se passe.

-        C'est Alice…

Yan s'interrompit. Il interrogea Clara du regard. Pouvait-il poursuivre ?

-        Nous avons déjeuné ensemble ce midi.

-        Tu l'as trouvé… comment ?

Clara but une gorgée de bière, puis une autre. A Christelle, elle aurait dit : « elle est spé ». A Ugo : « elle est complètement barrée ». Pour ses collègues avocats, Alice serait « psychologiquement instable ». Mais à Yan ? Il fallait être sincère sans trahir, trouver le mot juste sans expliquer, sans pathos.

-        Je l'ai trouvé classe et… fantasque.

-        Ça oui !

-        Un peu… perdue ?

-        Aussi.

-        Elle m'a touchée.

Yan approuva d'un battement de cil. Il cala ses fesses sur sa chaise et poursuivit.

- Elle m'a envoyé un texto : « je m'échappe, Matis est chez Clara ». Elle doit errer dans les chemins de campagne…

- Elle est peut-être allée en ville ? Boire un café en terrasse ?

- Sa voiture est garée derrière l'école.

- T'as essayé de l'appeler ?

- Son téléphone est dans la voiture.

- Elle est peut-être chez une copine ? Ou partie en ville avec une copine ?

- Non, elle marche seule dans la campagne, sous la pluie, dit Yan en se levant. Elle fait ça parfois, et moi je ne sais plus quoi faire.

Il se rassit.

- Elle me laisse un mot, toujours le même : « je m'échappe ». Elle part à pied, dans la campagne, elle dort dans des cabanes de chasseurs, ou dans des fossés, un jour on l'a retrouvée perchée dans un arbre… Elle m'écrit « Je m'échappe, Matis est au lit » ou « Je m'échappe, Matis est devant la télé ». Note bien, jamais elle n'avait écrit « Matis est chez Clara »…

Yan se força à rire. Le son n'était pas joyeux, mais ses yeux, oui. Ses yeux étaient rieurs et regardaient Clara qui ouvrait sa seconde bouteille de bière.

Clara pensa : moi aussi, j'aimais errer l'hiver dans les rues de Paris à la fin de la nuit, avant d'aller travailler. Courir, courir droit devant. Faire entrer le vent dans ma tête, la vider, respirer le vent jusqu'à ce qu'il se fonde à mon souffle. Traverser le périph, me perdre dans la banlieue, et revenir en métro avec les employés du petit matin. Mais il y avait les lumières de la ville, des gens, des cafés ouverts... Ici non, ici je ne le ferais pas.

A côté de la cheminée, la voix de Matis s'envola dans les aigus. L'enfant la maintint longtemps là-haut, jusqu'à ce que le souffle lui manque. Alors son petit corps se recroquevilla. Le chat frotta ses moustaches contre ses genoux. Matis se redressa comme une marionnette dont on aurait tiré sur les fils et replongea les doigts dans le bol de bonbons. Le chat posa son train sur la pierre de la cheminée, près à rejouer au piano-chamallows, la queue dressée en clé de sol.

-      Depuis que je la connais, Alice fait ça : marcher dans la nuit.

-      Depuis l'école de kinés de Rennes ?

-      Je vois que vous avez parlé ! Et bien oui, depuis cette époque - et même peut-être avant, je n'en sais rien - Alice marche la nuit.

« Dans les soirées d'étudiants, à un moment, elle partait, comme ça, pfutt. Elle était là et deux secondes après elle n'y était plus. Un soir, un copain décide de percer le mystère « Alice » : il ne la quitte pas des yeux et il la voit sortir du bar. Il nous fait signe, on la suit, avec nos bières. On est un peu bourrés. On fait pas mal de boucan, mais elle n'entend rien. Elle marche droit devant. Elle a traversé la ville comme ça, puis des parkings de centres commerciaux, une cité pavillonnaire, une zone d'activité… Elle s'est allongée sous le porche d'un Lidl, son sac à main sous la tête. On l'a rejointe. On a tous dormi là, autour d'elle, comme un rempart, entassés. Le lendemain matin, elle avait disparu. Quand on est arrivés à l'école, elle était déjà en classe, pimpante, radieuse, avec son brushing, ses bas et ses talons. La soirée suivante, le copain veut la suivre seul. Il était raide dingue d'Alice. Il disait, « je suis son amant de la nuit ». Un jour, il a voulu plus. Ils ont tout fait dans les normes : fiançailles, mariage, et ils ont eu un enfant…

- Matis !

- Matis.

- … et il l'a quitté.

- Qui a quitté qui ? Je ne sais pas.

- Alice m'a dit que Gabriel l'avait quitté parce qu'il n'assumait pas que son fils soit autiste.

- Oui, Alice dit ça.

- Ce n'est pas vrai ?

- Je ne sais pas. Gabriel m'appelle souvent pour me demander des nouvelles. Elle, elle ne lui répond pas. Il est - comment tu dis ? - perdu...

Visiblement, Yan l'était aussi.

- La dernière fois qu'Alice est partie comme ça, c'était cet été. La nuit était douce, j'étais épuisé, je me suis dit : je la laisse, on verra bien. J'ai dormi dans la chambre du petit. Alice est revenue à l'aube avec de la terre jusque dans les cheveux, souriante, bien, sereine. Je me suis promis de ne plus aller la rechercher. Mais là, il fait froid, il va pleuvoir. Et puis, les gens n'aiment pas ça, une femme qui passe la nuit seule dans les bois.

- Oui, les gens n'aiment pas ça.

- Et moi, je ne veux pas qu'on lui fasse du mal, dit Yan en se levant.

Clara imaginait sans peine les traditions locales réservées, depuis le Haut Moyen Age, à ces femmes venues d'ailleurs, avec leur enfant étrange, fruit sans doute de leurs affinités nocturnes avec de virils démons sylvestres.

Yan avait décroché son écharpe de la patère mais hésitait à la mettre. Clara la lui reprit des mains. Elle ne savait pas trop se l'expliquer, mais elle n'avait pas envie que Yan parte seul à la recherche d'Alice cette nuit. Une petite voix – la voix de Flo, si elle y prenait garde - lui disait qu'elle voulait le garder près d'elle ; une autre – la sienne ? Celle d'Alice ? - lui disait qu'Alice avait bien le droit à ces échappées : « elle attend que son amant de la nuit vienne la cueillir, là, dans ce trou de terre et de pluie, dans cet endroit improbable et hostile ». Clara attaqua sa troisième bouteille de bière. Qu'importent les raisons, il fallait convaincre Yan de rester.

- Elle t'a semblée comment, quand tu l'as vue tout à l'heure ?

- On s'est croisé deux secondes au cabinet. Elle était tout excitée après votre déjeuner ensemble. Elle tenait des propos incompréhensibles : elle voulait absolument faire un double de la « clé du chat », ou de la « clé des champs », je n'ai rien compris... Elle riait et elle pleurait en même temps. Je n'ai pas réussi à la calmer. Elle est partie comme ça, elle avait peur d'arriver en retard pour la sortie d'école. J'ai reçu le texto une heure plus tard.

« Tout est vrai, et rien n'est réel », pensa Clara en avalant une nouvelle gorgée d'alcool. Pour aimer cette femme, il faut la suivre jusqu'aux limites du réel. Peut-être son fils l'a-t-il compris et s'est perdu en chemin ? Et si c'était Matis qu'Alice attendait, la nuit, dans la boue des ravins ?

- Et si nous allions tous les quatre la chercher ?

- Tous les quatre ?

- Toi, moi, Matis et Matouche. C'est complètement fou, je te l'accorde. C'est pour ça que ça peut marcher.

- Matis pourrait attraper froid.

- Tu lui prêteras ton écharpe.

- Et qu'est-ce qu'il va penser s'il voit sa mère étalée dans la terre ?

- Je ne sais pas. Mais là ça fait une demi-heure que l'on parle de sa mère devant lui, de ses « extravagances », et cela ne semblait pas te gêner...

- Il n'écoute pas.

- Tu n'en sais rien.

- Pourquoi le chat ?

- Pour faire venir l'enfant.

- Tu es dingue !

- J'adore ça, rit Clara en reposant sa bouteille vide.

En habillant l'enfant, Clara expliqua au chat : « nous allons chercher Alice dans la forêt ». L'air frais la dégrisa et elle se demanda une demi-seconde si elle n'était pas en train d'entraîner tout le monde dans un méchant délire. Mais déjà le chat bondissait vers la fontaine et Matis le suivait en courant. Elle appela : « Matis, Matouche, ne vous éloignez pas de nous, il commence à faire nuit, je veux vous voir. Allez, hop ! Tous sous le parapluie ». Derrière eux, à la traîne, Yan ronchonnait. Il se débattait avec son écharpe emmêlée.

-       Toi aussi, Yan : sous le parapluie !

-       Pourvu que personne ne nous voie…

-       Ne comptez pas là-dessus Monsieur le Maire. Tout se sait ici…

Clara ne savait pas par où commencer et Yan n'était pas coopératif. Heureusement, le chat semblait avoir son idée. Ou peut-être était-ce Matis qui guidait le chat.

Ils passèrent devant une maison murée aux pierres partiellement calcinées et à la toiture effondrée. Dans ce qui fut autrefois un jardin, un pneu à moitié fondu se balançait à la branche d'un arbre. Ainsi déformé, on eût dit le visage d'un démon qui tirait la langue.

-       Je n'avais jamais remarqué cette maison, dit Clara. Elle a brûlé il y a longtemps ?

-       Pas très, non, répondit Yan en accélérant le pas.

A la sortie du village, ils s'engagèrent sur une petite route goudronnée qui longeait le pré où somnolait l'âne. Matis sauta au-dessus du fossé et bondit vers la clôture. L'animal trottina à sa rencontre. Il cala son museau dans les mains tendues de l'enfant et battit doucement des paupières. Matis lui présenta le chat. Matouche et l'âne se reniflèrent les naseaux quelques instants puis frottèrent leurs joues l'une contre l'autre. On eût dit que les deux ronronnaient. Clara les aurait bien rejoints, histoire de vérifier si la nuit ne lui jouait pas des tours, mais elle craignait de glisser dans le fossé avec ses bottes à semelles lisses et puis Yan trépignait. Elle rappela son petit monde.

Après dix minutes de marche, la route se transforma en chemin de terre qui s'engouffrait dans un bois. Alice était adossée à un tronc d'arbre, assise dans la boue, les yeux clos, le sourire aux lèvres, les doigts parsemés de fleurs de trèfle. Matouche s'approcha. Il flaira les délicates petites fleurs mauves. Matis se dégagea du parapluie et suivit le chat. Il observa les fleurs, les caressa. Alice ouvrit les yeux sur le visage de son fils. Elle ne semblait pas étonnée, peut-être un peu furieuse, comme si on l'avait dérangée dans un songe encore plus beau. Mais elle se leva avec obéissance, « comme un robot », pensa Clara.

Ils se remirent en marche. En silence. Le chat devant, Clara, Yan et Matis sous le parapluie, Alice derrière. Il faisait totalement nuit à présent. Clara avait peine à marcher droit. Elle aurait voulu que Yan la soutienne, et sans doute l'aurait-il fait sans le regard de sa femme derrière eux, et les regards des villageois derrière les fenêtres. Ils ne croisèrent personne. Si quelqu'un les vit ce soir-là, nul n'en dit mot. Ceux-là ne voulaient assurément pas qu'on les prenne pour des fous : qui eut cru en la vision de cette étrange procession au parapluie de perroquets ?

Ils marchèrent jusqu'à une belle maison de pierre aux volets blancs. Clara l'avait repérée depuis longtemps comme la plus belle demeure du village. C'était donc la maison de Monsieur le Maire et de sa petite famille, évidemment ! Yan sortit les clés de la poche de sa parka. La famille s'engouffra, suivie du chat, dans un corridor aux gros meubles bourgeois surmontés de lithographies contemporaines. Le chat enfonçait ses griffes dans un épais tapis, Yan le chassa d'une petite tape. Clara recula.

- Merci Clara.

- De rien, murmura-t-elle en tournant les talons.

- Je vais leur préparer à manger, tu restes avec nous ? proposa-t-il sans conviction.

- Non, je rentre, j'ai un coup de fil à passer…

- Tu peux le passer ici.

- Je n'ai pas mon téléphone.

- Je te prête le mien.

- Je ne connais pas le numéro par cœur.

- Tu ne diras rien, hein ? Les gens d'ici…

Il était là, minable, sur le perron de sa maison de notable. Une famille bancale, mais une famille tout de même. Clara se sentit seule au monde. Même le chat l'avait abandonnée. La pluie avait repris. Elle roulait sur sa nuque et répandait un flot glacé dans tout son corps. Mais elle n'ouvrit pas son parapluie. Il lui était plus utile en canne.

12. *« Ce sera le paradis sur terre, mon p'tit chat. »*

En arrivant chez elle, Clara se jeta sur son portable qui sonnait dans le vide.

- Ça fait une heure que je cherche à te joindre, qu'est-ce que tu branles ?

- Je suis allée dans les bois à la recherche d'une femme échappée dans la nuit…

- Très drôle !

Comment expliquer à Ugo, que non, ce n'était pas drôle du tout. Et puis elle avait promis de ne rien dire : quand Ugo viendra vivre au village, il pourrait parler, se moquer, faire le malin.

- En attendant, moi, j'ai une méga charrette ce soir. Parce que pendant que tu fais les confitures avec les copines, y'en a qui bossent…

- J'ai du boulot, pour toute la nuit si je veux…

- C'est ça. On se rappelle demain, je t'aime.

-       Hey ! Ugo, ce sera bien quand tu viendras vivre ici, hein ?

-       Ce sera le paradis sur terre, mon p'tit chat.

-       A propos du chat...

Il avait raccroché. Elle vida le bol de chamallows dans la poubelle, lava la gamelle de Matouche, avala un œuf mayo et monta se coucher avec une pink lady et son ordi. Elle en avait pour au moins trois heures de boulot, elle n'aurait jamais le temps de s'endormir avant les dix coups de cloche. C'était parti pour une nuit de labeur et de peur.

A 22H00, les cloches l'abandonnèrent aux ténèbres. Elle prit acte et replongea dans son travail. A 22H37, le Cri retentit. Elle leva les yeux de son écran, écouta. La créature hurlait son manque. Manque de came ou manque d'amour, mais ce n'était pas un cri de faim. Clara eut la vision d'Alice, des fleurs mauves plein la main, au pied de son arbre, hurlant aux étoiles son désespoir. Mais non, le cri était trop puissant pour sortir de la gorge d'un humain. Une telle douleur était inhumaine. Dans ses fugues nocturnes, Alice rencontrait-elle le Cri ? Comment pouvait-elle ne pas en avoir peur ? L'avait-elle apprivoisé ? Ou bien le Cri sortait-il de la seule imagination de Clara ? Elle replongea dans son travail.

A 01H38, elle reçut sur l'intranet un message désespéré d'une des nombreuses stagiaires du cabinet d'avocat. La gamine avait vu que Clara était connectée au back office, elle ne parvenait pas à se sortir d'un dossier et la suppliait de l'aider. Clara balaya sa note puis lui répondit pour la rassurer : qu'elle rentre se coucher, elle lui enverrait un argumentaire avant midi sur son mail perso, inutile d'en parler aux boss. Elle intégra le sien et se plongea dans des sudokus numériques jusqu'à en pleurer de sommeil.

Le Grand vent, cette nuit-là, s'abstint de la visiter. Elle lui en fut reconnaissante.

Une fois de plus, c'est Betty qui la réveilla au matin.

- Tu n'as pas l'impression de te faire exploiter, là ?

- C'est moi qui ai choisi, répondit Clara en se frottant les joues. En contrepartie, je n'ai pas d'horaires de bureau, d'ailleurs je ne vais pas au bureau, je gère moi-même mon temps de travail.

- Tu ne gères rien du tout ! Tu as travaillé jusqu'à quelle heure pour tenir la cadence ? Tu as une tête épouvantable !

- Ce n'est pas que le travail... Il y a aussi tous ces bruits, la nuit, ça me rend dingue, dit Clara en se mouchant. Les cloches...

- Nous y voilà : les cloches ! Des heures de débat, les cloches, au conseil municipal ! s'énervait Betty. Tu sais que quand j'étais gamine, elles sonnaient tous les quarts d'heure, même la nuit ! On n'en est pas mort ! Et puis il y avait aussi l'Angélus, les Matines...

Clara pensa que les anciens avaient raison, que les cloches de l'église devaient faire fuir les démons, qu'il fallait les faire revenir.

- ... Les anglais ont râlé, ce n'était pas compatible avec leur idée de vacances dans la campagne française. Ils ont menacé la mairie d'un procès pour « trouble de voisinage », on a cédé, et on s'est habitués.

- Moi j'adore les cloches ! Ce qui me « trouble », c'est un cri bizarre, tous les soirs à la même heure, murmura Clara.

Elle avançait prudemment. Le Cri était-il réel ? Et s'il l'était, quelle pouvait être la créature monstrueuse qui se cachait derrière ? Là, dans la lumière du matin, Betty à ses côtés, elle se sentait la force de convoquer ses cauchemars.

- On le surnomme « le cri de vingt-deux heure trente-sept », dit Betty sans paraître troublée. Quand on a répet', c'est pratique : on sait que c'est le moment de rentrer. Mais t'inquiète, on va bientôt apporter une chèvre au Scoubi. Ça va le calmer.

-       Une chèvre vivante ?

-       Évidemment, rit Betty.

Ils faisaient des sacrifices ! Ils emmenaient la chèvre en procession. Ils la ligotaient sur une pierre au milieu d'un pré. La Bête surgissait du bois. Petite, imberbe, la peau verdâtre, la créature avançait d'abord à quatre pattes puis se redressait comme un humain, le naseau au vent, cherchant la chair animale offerte à son courroux. Ses jambes étaient arquées, ses bras descendaient jusqu'aux genoux. Les globes de ses yeux étaient blancs comme de la porcelaine. Un petit front, quelques cheveux épars sur le crâne, une bouche large et des lèvres presque transparentes…

-       Ça peut durer très longtemps avant que Le Scoubi n'approche la chèvre, poursuivait Betty en croquant une cigarette russe. On amène la bière et les goûters, on parle de tout de rien. Les hommes jouent au foot avec les enfants. On se rappelle le bon vieux temps avec les anciens du village. Quand Scoubi est arrivé, j'avais 2 ans… Ce sera ma troisième chèvre ! C'est ce qu'il préfère. Les chevaux, c'est trop cher et c'est du boulot. On a essayé les moutons, les chiens et même les poules. Mais il n'y a que les chèvres qu'il accepte. Avec les poules, ce fut un carnage.

Betty ne semblait pas se rendre compte que Clara commençait à tourner de l'œil sérieux.

- Elles sont comme ça ces bêtes : il leur faut un compagnon sinon elles s'ennuient. Mais on ne peut pas leur imposer n'importe qui. Sinon, elles se sentent agressées et défendent leur territoire. Le Scoubidou, il adore les chèvres. La dernière est morte de vieillesse cet été. On a mis un peu de temps à convaincre Fernand Dau Pra-Gâton d'en prendre une autre. Lui, il n'a pas les gosses en larmes à consoler tous les soirs à vingt-deux heures trente-sept. En plus, il est sourd comme un pot : il n'entend plus depuis longtemps les braiements de son âne.

Clara frotta ses tempes pour accélérer le circuit d'information des oreilles au cerveau. C'était donc le bel âne paisible qui produisait ce cri terrible ! Jusque-là, pour elle, les ânes faisaient « hi-han ».

- On s'est cotisé pour ramasser les 50 boules et la chevrette arrivera au printemps, poursuivait Betty. Si tout se passe bien, ils se feront des gros câlins pour s'endormir. Et nous, on sera enfin tranquille.

- Je viendrai. J'ai très envie de voir ça.

-       Nan ! Tu vas sortir de ta maison plus de dix minutes !

-       C'est que, je n'ai pas eu beaucoup d'occasion, bougonna Clara. Et puis, Ugo sera là, ce sera plus facile.

-       Cet après-midi, je participe à un « Libérez les Poulets ! » ça te dit ?

-       Mais oui, bien sûr, pourquoi pas, affirma Clara toujours vexée. Euh, c'est quoi ?

-       J'passe te prendre à quatorze heures, dit Betty en filant. Prépare tes baskets et tes gants Mapa. Tu verras, c'est l'éclat'.

13. « *Tu es en train de découvrir le côté obscur de la force rurale* »

Clara se plongea dans le fouillis du dossier de la stagiaire. A midi pétante, elle envoya comme promis, par mail privé, une version corrigée, avec références annotées et argumentaire implacable. Elle laissa juste ce qu'il fallait de maladresse pour que le boss n'y voie que du feu et ait même le plaisir de corriger la petite en étalant, devant ses yeux juvéniles et nécessairement admiratifs – la gamine, ça, elle savait faire -, l'immensité de son talent. L'exercice lui fit du bien. Enfin un pan de sa vie dont elle avait la maîtrise.

Une autre affaire attendait. Le client était amoral mais pas hors la loi : la routine. Elle engloutit une tartinette de fromage devant son écran et à 14h00 elle livrait son second dossier de la journée. Elle ressentit un bien-être aussi bon – et aussi furtif – que lorsqu'elle achevait un sudoku niveau expert. C'est alors que Betty frappa à la porte, la poussa dans son break et démarra en trombe.

Le paysage automnal défilait derrière la vitre. Les blés étaient fauchés depuis longtemps, les feuilles des arbres tombées, la terre détrempée. Comme la campagne a changé, pensa Clara en réalisant que sa parenthèse l'avait coupée du monde entier mais aussi du monde immédiat. Elle s'était déshabituée de l'horizon, l'espace lui procurait un doux vertige. Une angoisse assourdie par la vision euphorique de la nature imperturbable.

Agrippée à son volant, Betty présentait la suite des évènements : elles allaient rejoindre des « camarades anonymes » dans un petit bois situé à côté d'un poulailler industriel qui fabriquait des poulets de chair. Les « camarades » étaient réunis via Facebook. Ils ne se connaissaient pas, ne devaient pas entrer en contact. Dès l'opération terminée, chacun devait retourner chez soi et reprendre sa vie l'air de rien. « Un flash mob rural ! », pensa Clara. Ugo allait être épaté.

On leur distribuera des cagoules. Au top départ, il faudra courir à fond vers le hangar, ouvrir les portes du poulailler, et faire sortir le maximum de poulets. A cette heure-là, le lieu n'était pas gardé mais l'alarme se déclencherait dès les premiers coups de barre de fer. Ils avaient vingt-deux minutes, pour faire l'aller-retour, le temps que les gendarmes débarquent. Si elle pouvait crier « Libérez les Poulets » de temps en temps, c'était mieux, pour les caméras de surveillance, mais pas obligatoire. Ensuite, Betty partit dans un grand discours sur le bien-être animal, sur la folie de rentabilité des hommes qui les avaient poussés à construire ces usines à bouffe en oubliant le respect du vivant. Clara était tout d'accord avec Betty : c'était terrible, les pauvres bêtes, blablabla. Ugo la trouvera courageuse de participer à un happening politique dédié à la cause animale. Il y avait juste un petit souci rapport à la loi, mais après tout, elle ne tenait pas particulièrement à être avocate d'affaire toute sa vie. Si elle voulait un jour faire son trou ici, quelques expéditions « citoyennes » dans son CV lui ouvriraient de nouvelles clientèles.

Un groupe d'une vingtaine de personnes les attendait. En majorité des femmes en skinny, grosses baskets et chèches bariolés de taches de léopard ou de têtes de mort. Des jeunes filles, à la peau grasse et boutonneuse, semblaient mineures, ce qui contraria Clara. Un gros type jouait les majorettes avec une barre de fer. Il lorgna le blouson en cuir de Clara. Elle se colla à Betty. Une fille distribuait les cagoules. « On ne s'est jamais vu, OK ? », la menaça-t-elle en lui tendant le chiffon noir. Ensuite, tout alla très vite. Une file indienne se forma. Le garçon à la barre de fer se plaça au milieu. La cheffe indienne fit quelques sauts sur place puis la course commença. Ils traversèrent le petit bois en silence. Seuls les craquements des baskets sur les feuilles mortes auraient pu signaler leur présence. A l'orée du bois, Clara sentit l'objet du saccage avant de le voir. Une odeur épouvantable enveloppait le terrain au milieu duquel s'élevait un hangar anonyme. La cheffe accéléra le rythme et la file indienne se disloqua. Quand Clara arriva au portail, le garçon avait fait sauter les verrous. Des filles étaient entrées dans le poulailler. Elles excitaient les bestioles pour les pousser vers la sortie. En quelques secondes, Clara fut cernée par une marée grise, sale et grouillante, surmontée d'un nuage de poussière. Les poules ne faisaient pas plus « cot-cot » que les ânes ne disaient « hi-han ». C'était des mensonges racontés aux enfants des villes. Les poules gueulaient leur contrariété en roulant des « pbreu-pbreu » étonnés. Elles n'étaient ni rousses ni douces. Elles étaient immondes : petites choses débiles, longues sur pattes, ventres difformes, têtes sévères aux becs sectionnés et aux yeux creux de vieilles femmes liftées. Leurs cous épileptiques étaient déplumés, parfois sanguinolents. Sous leurs culs, s'étalait une croute à la couleur indéterminée, entre le marron beigeasse et le vert d'huitre. Leurs pattes de squelette mou se tordaient au rythme de leurs piétinements moribonds. Elles trébuchaient. La crête dans la boue, elles gesticulaient, cherchaient à se relever, retombaient piétinées par leurs congénères. Des filles tentaient d'éparpiller les bêtes dans les alentours. Aucune ne cria « Libérez les Poulets ! » Et les bêtes elles mêmes ne semblaient pas désirer s'évader. Elles étaient là, hagardes, démentes, indifférentes à l'espace de liberté qu'on leur ouvrait. La cheffe indienne poussa un cri de guerre. Les filles lâchèrent leurs trophées puants et s'enfuirent vers le petit bois. Clara, les converses gorgées de boue, s'étala dans la marée de plumes, d'os et de chairs infectes. Elle protégea sa tête avec ses mains gantées, hurla, des poules lui grimpaient partout sur le corps. Une poigne la saisit par le bras. A travers sa cagoule, une fille lui gueulait de se relever. Tétanisée, Clara obéit. Elle courut comme une démente jusqu'aux voitures. Ses cris se mêlaient aux sirènes des gendarmes qui menaçaient au loin. Betty était déjà au volant de son break, le moteur allumé. Clara s'engouffra dans l'engin qui bondit immédiatement sur le chemin de terre.

-       Enlève ta cagoule et ton blouson, dit Betty. Pose-le à l'envers sur ton pantalon pour cacher la boue. Et prépare ton plus beau sourire.

Libérer les poulets, Clara en était incapable ; mais sourire en toute circonstance, même avec le cœur qui battait la chamade et la nausée au bout de la glotte, c'était son rayon. Elles croisèrent sur la route deux voitures de gendarmerie qui roulaient en sens inverse. Deux cents mètres plus loin, un barrage.

-       Bonjour mesdemoiselles, papiers du véhicule.

Le gendarme jetait des coups d'œil de gendarme à l'intérieur.

-       Vous rouliez à combien ?

-       A deux, dit Betty en désignant Clara. Mais vous pouvez monter si vous voulez, il reste de la place.

L'homme soupira, blasé. Manifestement, on lui avait déjà sorti la blague des dizaines de fois. Il fit le tour du break à grandes enjambées et se posta devant la vitre de Clara.

-       Je suis Parisienne, dit-elle en souriant. Mon amie Betty me fait visiter votre jolie campagne. Qu'est-ce qu'il se passe ? Il y a eu un meurtre ? On a retrouvé le corps d'un enfant dans un puits ?

-       Rassurez-vous, se moqua le gendarme en scrutant le permis de Betty. Juste un commando de terroristes écolos qui a attaqué un poulailler industriel. Ne vous inquiétez pas. Ils ne sont pas bien méchants. Les vraies pourritures sont ceux qui maltraitent les animaux et qui nous les refilent après à bouffer. Pas vrai madame Betty ?

-       Affirmatif, monsieur l'agent, sourit Betty.

-       Mais ce n'est pas une raison pour violer leur propriété privée, n'est-ce pas ? dit-il en rendant les papiers.

-       Ça se discute, grimaça Betty.

-       Pas avec moi en tous les cas. Allez, filez.

« Libérez les poulets ! » lança Betty en démarrant en trombe. Elle riait aux éclats en tapant sur le volant. Quelle chance d'être tombée sur un gendarme écolo ! Elle n'en revenait pas.

- Et toi Clara, je te félicite, tu as beaucoup de cran.

- Si tu m'avais vue au milieu des poules, tu ne dirais pas ça…

Sa voix tremblait. Tout en continuant de conduire, Betty posa une main sur celles de Clara.

- C'est normal, c'est horrible. J'aurais dû te prévenir. Mais alors, tu ne serais pas venue…

- Quand je suis tombée et qu'elles m'ont grimpée dessus…

Clara cacha son visage derrière un rideau de cheveux. Ella lâcha un long râle de dégoût.

- Je n'ai pas vu que tu étais tombée, promit Betty. Je suis désolée.

- … je sentais leurs pattes immondes s'enfoncer dans mes vêtements. J'ai cru qu'elles allaient me les déchirer et me bouffer.

- Elles sont tellement dégénérées qu'elles se mangent parfois entre elles. Et encore, tu n'as pas vu les pires. Là, elles étaient trois-quatre mille. Imagine des usines de 30 000 poules pondeuses en batteries, dans des cages de cinq, pas plus grandes que le siège de la voiture. Imagine des millions de poussins entassés dans des caisses comme des objets, puis déversés sur des tapis de chaînes de tri : les femelles à droites, les mâles à gauche direct dans le broyeur. Vivants. Et je ne te parle pas des veaux de caisses, des cases d'engraissement des cochons, des flat-decks des lapins…

- Non, ne m'en parle pas.

- Ce n'est pas pour ça que cela n'existe pas.

- Je sais. Mais vas-y mollo s'il-te-plait dans tes rituels d'initiation à la « vraie vie » de campagne. Je suis en phase « sensibilisation ».

- Tu es en train de découvrir le côté obscur de la force rurale, déclama Betty comme si elle était déjà dans l'hémicycle du Sénat. Face à elle, nous sommes une poignée de combattants à proposer un nouvel ordre moral : le territoire à alimentation positive, caractérisé par une agriculture raisonnée, destinée à la population locale, et par des mécanismes de gouvernance alimentaire inclusifs. Choisis ton camp, « camarade ».

- Vous avez déjà un langage très crypté, sourit faiblement Clara.

-       Je suis sérieuse : nous avons besoin d'une fille comme toi.

-       D'une trouillarde parisienne qui sait faire des risettes aux gendarmes ?

-       D'une avocate. D'une pro engagée. Pour blinder nos actions, défendre les activistes et les salariés, réfléchir à des structures juridiques alternatives.

-       Mais je n'y… bafouilla Clara.

Betty appuya sur la pédale de frein. Le break stoppa devant la maison de Clara.

-       Tu n'es pas obligée de me répondre maintenant tout de suite. Je te demande juste de réfléchir, OK ? Sachant que, évidemment, ce serait gratos, ajouta Betty dans un clin d'œil.

-       C'est pas le problème, se renfrogna Clara.

-       Encore une chose : Yan croit dans une solution politique, il conteste la lutte armée. Alors, pas un mot sur l'expédition de cet après-midi, promis ?

-       Qu'est-ce que Yan a à voir là-dedans ?

-       C'est un Maître Jedi, dit Betty en joignant les mains.

Elle redémarra sa voiture dans un grand éclat de rire.

14. *« Je suis venue ici pour l'authenticité,*

pas pour vivre avec des beaufs

qui puent des poils

sous leurs marcels à trous. »

« Ne dis pas à Yan que j'ai pleuré », avait dit Alice. « Ne dis pas aux villageois qu'Alice s'est évadée dans la forêt », avait dit Yan. Et maintenant elle devait taire son expédition avec Betty chez les poulets ! Cette fois, ça l'arrangeait. Les cachoteries rurales avaient finalement du bon. Il valait mieux que son « exploit » reste discret.

Oui, pour faire plaisir à Betty et mettre du piment dans sa vie, elle pouvait envisager de se faire l'avocate des terroristes à la cause animale, celle des ouvriers des batteries, et même celle des gendarmes complaisants. Elle pouvait réfléchir à un montage juridique pour porter une gouvernance « alimentaire et raisonnée ». Et tout ça gratos. Mais jamais plus elle ne s'approcherait de ces immondes poules dont l'odeur pestilentielle imprégnait jusqu'à ses cheveux.

Clara se déshabilla devant la machine à laver. Elle y engloutit ses fringues. 90 degrés. Nue, elle sentait encore la poule. Elle coupa ses ongles ras et les brossa. Sous la douche, elle gomma sa peau jusqu'au sang. Après trois shampoings, elle rinça ses cheveux au vinaigre.

Dans la chambre, elle enduit son corps d'huile d'argan parfumée au santal. Elle s'enroula dans une serviette et s'allongea sur son lit, comme dans la salle de repos du hammam de Vaugirard. Curieux ce souvenir surgi de nulle part : Paris lui manquait-il ?

La pluie battait maintenant contre la vitre. Les poules devaient chercher refuge. Peut-être dans le petit bois. Peut-être seraient-elles recueillies par des riverains. « Ce n'était pas du vol, monsieur le juge, ils leur ont porté secours : ils les ont soignées et nourries, offert une rééducation, regardez comme elles sont toniques aujourd'hui ». Oui, il y avait quelque chose à faire. Quelque chose qui lui permettrait de mettre à profit ses études de droit pour une cause noble, de gagner un jour sa vie ici, et de gagner l'estime de Betty, peut-être même celle de Yan.

Yan, petit notable malheureux en ménage qui verrait alors en elle autre chose qu'un peu de chair fraîche pour passer du bon temps.

Il faudrait de toute façon qu'elle demande la permission à Ugo. Sans doute se moquera-t-il d'elle. Dans leur couple, c'était lui qui jusqu'à présent avait le monopole de l'utopie. Et c'était une utopie élégante, de celle qui élevait des fermes verticales à Paris Rive Gauche, pas qui détruisait des poulaillers qui puent. Il dira non, c'est sûr.

Trois petits coups retentirent à sa porte. Clara bondit hors du lit, s'habilla à la vitesse de l'éclair et dévala l'escalier. Yan était là, souriant et penaud. Ses cheveux, aplatis par la pluie, lui collaient au visage.

\- Tu veux bien venir au conseil municipal avec moi tout à l'heure ?

D'habitude, les hommes mariés essayaient de l'inviter au restaurant ou au spectacle avant de la sauter. Le conseil municipal ! Quelle blague !

Il lui tendit une feuille – « l'ordre du jour », dit-il. Le papier se recroquevilla aussitôt sous les gouttes. Il lui en mit un autre dans la main.

\- Je passe te prendre à dix-neuf heures.

\- Me prendre… à dix-neuf heures, répéta Clara incrédule.

\- Viens avec moi ce soir, supplia-t-il. Et si tu veux bien, après on…

Yan n'acheva pas sa phrase. Il se mordit les lèvres, bafouilla. La pluie continuait de couler sur son crâne et le long de sa parka. Clara referma la porte sans un mot. Alors seulement, devant la porte close, Yan parvint à sortir « ...on discutera ».

Elle avait la dalle. Il n'y avait plus d'œuf dans le frigo, ni de pain dans le placard. Elle pensa tartiner de mayo ses chamallows. Piquées de cigarettes russes, ç'eût été terriblement désespéré et donc admirablement approprié. Une belle photo sur Instagram, avec la légende : « Dernier repas avant la fin du monde ». Car c'était bien à la fin d'un monde que Clara se préparait. Elle se vit, dans quelques années, recevoir monsieur le maire et madame à dîner la pintade. Ugo, chef d'entreprise à la panse bedonnante, président de la chambre de commerce du coin et du Lions Club local, fumerait le cigare avec l'édile devant la cheminée en buvant du Bourgueil. Leurs petites filles s'amuseraient à l'étage à maquiller l'ado autiste en chat botté. Alice pleurerait dans le saladier de mâches. Et elle, Clara, garderait le sourire en toute circonstance, sauf quand Yan daignera encore la sauter, sur rendez-vous, sur la table en skaï de son cabinet de kiné. C'était ça ou revenir à Paris. Le choix n'était pas très difficile.

Elle prit une profonde inspiration et se composa un visage rayonnant de gaieté en saisissant son smartphone. Ugo décrocha aussitôt.

\-   Je ne vais pas venir ce week-end, dit-il très vite.

\-   Tu m'as déjà fait le coup dix fois, mais cette fois-ci je suis ravie : j'avais l'intention de revenir à Paris.

\-   Je ne serais pas très dispo, je suis en méga charrette, je ne suis pas sûr de pouvoir venir les week-ends suivants non plus.

\-   Je ne suis pas sûre de vouloir rester ici.

\-   Hein ?

\-   Oui, tu vois, c'est bien la campagne en été, les champs, la nature, tout ça, les produits de la ferme, la grande baraque, le potager… mais toute la vie, j'ai bien réfléchi : nous nous sommes trompés.

\-   Je ne comprends pas, hier encore tu étais fan !

\-   J'ai envie de retrouver notre chez nous, de reprendre mon vrai travail, de revoir les copains, Paris quoi… Aller au hammam, manger des hamburgers au wasabi…

\-   Mais tu détestes le wasabi !

\-   Arrête de jouer sur les mots, s'agaça Clara.

\-   Calmos, ma belle. Tu me dis tout à coup que tu veux rentrer, tu fous en l'air notre projet de vie sur un coup de tête et tu voudrais que je prenne ça à la coule ? Si tu veux tout gâcher, reviens. Reprends ton petit boulot de merde, ton petit métro, ton shopping le samedi après-midi avec tes pouffes de copines… Mais tu me décevras beaucoup. Réfléchis bien.

- Ce n'est pas un coup de tête, dit Clara en ravalant ses larmes. L'intégration est impossible, Ugo. Elle exigerait trop de remises en cause, y compris dans notre couple.

- Tu ne peux pas dire ça. Que vont penser les copains ?

- J'expliquerai que nous nous sommes trompés. On a le droit…

- Non, on n'a pas le droit ! Tu es une éclaireuse, Clara, tu es en mission, tu dois prouver que cette vie est possible. Des milliers de personnes comptent sur toi. Je suis fier, moi, de dire que ma gonzesse a quitté Paris, qu'elle a renoncé à sa brillante carrière d'avocate pour une vie plus proche de la nature et des vrais gens.

- C'est vrai ? Tu es fier de moi ?

C'était bien la première fois qu'Ugo lui disait une chose pareille. Elle en était sur le cul. C'était peut-être le moment de lui causer de son plan sur la défense du droit animal…

- Évidemment ! Je parle de toi tout le temps, les gens m'envient d'avoir une nana comme toi. Tu es comme une légende ici.

- Une légende ?

- Tu pourrais réactiver ton compte Insta. Tu prendrais des photos des jolies maisons de pierre du village et de la nature en fleurs, tu ferais des portraits des paysans, du facteur à vélo, des gros seins de la boulangère…

- Il n'y a plus de boulangerie depuis longtemps, râla Clara. Les maisons de pierre sont murées et le facteur distribue les colis d'Amazon en camionnette.

- Cette fois, c'est toi qui joues sur les mots.

- Et tu m'as toujours dit qu'Instagram était pour les pouffes geek…

- Oui, c'est vrai. Mais ça dépend comment on l'utilise. Là, c'est pour la cause.

- Quand tu parles comme ça, j'ai l'impression d'être une souris de laboratoire.

- C'est exactement ça : tu expérimentes la vie du futur. Une vie possible qui fait rêver des milliers de personnes. La slow life. Grâce à toi, elles verront que c'est à portée de main. C'est une révolution, Clara, que tu prépares. L'exode urbain !

- Je ne suis pas une révolutionnaire, contesta Clara. En revanche, on m'a proposé de…

-       Évidemment que tu n'es pas une révolutionnaire ! C'est pour ça que je t'ai choisie : parce que tu n'es ni plus ni moins courageuse qu'une autre parisienne lambda de 30 ans. Si toi tu y arrives, toutes les bobos peuvent le faire. Avoue-le, avant de m'avoir rencontré, tu n'envisageais pas le début de cette vie-là. Je t'ai ouvert les yeux et tu es partie à l'aventure. C'est l'aventure de ta vie, de notre vie, de la France. Ne gâche pas tout maintenant.

-       Tu m'as choisie parce que j'étais une bobo parisienne lambda ?

-       Je n'ai jamais dit ça, mon petit chat ! Bon, faut que je te laisse, je suis arrivé au Chaudron, les potes m'attendent. Et toi, tu vas faire quoi, ce soir ? Un bon bouquin devant la cheminée avec Matouche sur les genoux ? Je t'envie… Tu as commencé Madame Bovary ?

-       On m'a proposé d'aller au conseil municipal, bafouilla Clara.

-       Excellent ça ! Génial.

Clara entendit Ugo interpeller ses copains « Hey, les gars, devinez où va ma meuf ce soir ? A un conseil municipal ! » Des rires gras lui parvinrent dans le téléphone.

-       Andrew demande si tu as un ordre du jour ?

Clara avisa le papier mouillé collé sur la table. Elle déchiffra, entre les tâches d'encre provoquées par la pluie : « École : effectif de rentrée, pacte ruralité, ARE, devis réparation chaudière ; couverture numérique et téléphonique ; urbanisation du pré-Gâton ; question diverse : mariage ».

-       « Pacte ruralité » : j'adore ! ça sent la magouille à plein nez. Genre je t'urbanise un terrain agricole, tu le revends à un promoteur et on partage les biftons.

-       Ce n'est pas du tout l'esprit du village…

-       Tu parles, tous pareils ! Pour la réparation de la chaudière, tu leur diras bien que la plupart des chauffagistes sont des voleurs. Ils proposent toujours de réparer les vieilles chaudières à gaz alors que les chaudières à bois font gagner jusqu'à 30 % d'économies d'énergie. Il faut que chaque villageois donne un peu de son bois à l'école. Ou que les enfants aillent le ramasser dans la forêt à la place des cours de sport. Putain, j'ai de ces idées, moi ! Il y a aussi les scieries qui jettent des copeaux de bois, alors qu'on peut en faire des granules pour les chaudières. Avec ces conseils, ils vont économiser jusqu'à 50 % de charges.

-       Tu ne voudras pas plutôt leur expliquer, toi ? balança Clara sur un ton ironique qu'Ugo ne perçut pas.

-       Tu le feras très bien. Et fais gaffe, c'est louche ça : « urbanisation du champ Machin ». Ça chlingue l'artificialisation des sols. Tu vas voir qu'ils vont te mettre un lotissement de Jackys à l'entrée du village. Des maisons avec barbecue intégré et thuyas livrés par paquet de cent. J'te passe Andrew, il veut te dire quelque chose.

-    Hey, Clara, tu leur dis aux pécores : « si c'est ça que vous voulez faire du village, moi, je me casse. Je suis venue ici pour l'authenticité, pas pour vivre avec des beaufs qui puent des poils sous leurs marcels à trou ».

Ugo se bidonnait et ses potes hurlaient de rire. Trois coups résonnèrent contre la porte. Clara paniqua.

-    Faut que j'te laisse, on vient me chercher, chuchota-t-elle.

-    Qui ça « on » ?

-    Le maire…

-    Et bah, s'emmerde pas le vieux con ! s'emporta Ugo. Remarque, il doit pas en voir souvent des filles bien roulées comme toi dans son bled. Ça doit le changer des boudins charolais. Sors-leur le grand jeu : mets ton tailleur-pantalon d'avocate avec les escarpins Repetto© qui brillent. Ça va les impressionner les ploucs.

Clara ouvrit la porte à la volée. Yan n'y était plus. Elle vit sa silhouette au loin, un dossier sur la tête pour se protéger de la pluie. Elle l'appela.

-       J'avais peur que tu ne viennes pas. C'est bien, dit-il en revenant sur ses pas. Et ses yeux disaient qu'il était heureux.

-       Je ne sais pas, grimaça Clara sans bouger du perron.

-       Allez, viens, on est en retard.

-       Je te rejoins, je voudrais me changer.

Il lui posa un doigt sur les lèvres : « viens comme tu es, sois toi-même et tout le monde va t'adorer ». Elle resta con. « Sois toi-même », jamais personne ne la lui avait sortie celle-là !

« Viens », répéta Yan en lui prenant la main. Clara s'y abandonna. Après tout, c'était un ordre d'Ugo. Elle n'était pas contre le prendre au mot après la scène pourrie qu'il lui avait servie. Condescendant, donneur de leçon, méprisant… il lui avait tout fait. Et le coup de la « parisienne bobo-lambda » lui restait en travers. Elle n'était pas sûre de pouvoir un jour lui pardonner. Qu'importe, à l'instant présent, la main de Yan était ferme et chaude, légèrement humide de la pluie. Il était bon de se laisser aller à cette main aimable qui la pressait par petits coups, comme pour s'assurer qu'elle était réelle et qu'elle ne s'échapperait pas.

Ils coururent ainsi sous la pluie, jusqu'à la mairie dont le premier étage, aux larges fenêtres, était éclairé comme pour un bal. Elle n'avait pas de robe de princesse et Yan ne ressemblait pas vraiment à un prince, mais à cet instant-là Clara ne douta plus qu'il l'emmenait vers un lieu enchanteur. Et tant pis si cela ne devait durer qu'une nuit.

15. « Ça ne rigole pas avec les promesses de campagne ici. »

En entrant dans la salle des mariages, Clara ne regretta pas d'avoir gardé son gros pull. Il faisait un froid de canard et tout le monde, parmi la petite dizaine de personnes présentes, était à la coule. Yan lui avait lâché la main mais il était clair qu'ils étaient venus ensemble. Ludo fit un clin d'œil à Yan qui feignit de ne rien voir. Clara s'en fichait, elle était bien. Il la rejoindrait chez elle après le conseil municipal. Il le lui avait rappelé à l'oreille avant de monter les marches. Ses lèvres avaient effleuré son lobe. Cela avait été délicieux. Demain sera un autre jour.

Betty lui sauta au cou. Elle la présenta à tous comme son « amie Clara » mais l'accueil n'en fut pas plus chaleureux. Personne ne semblait étonné de voir Clara là. Sa présence était un non-événement, bien moins important en tous cas que le débat qui animait trois bonnes femmes autour de l'efficacité de l'huile essentielle de lavande pour combattre les poux des enfants.

Une jeune fille pourtant lui claqua la bise. Sa main s'attarda, étonnamment familière, sur la manche de son pull.

- Voici Anaïs, ma copine créatrice de tricot et mon associée des petitspullsdanais.com. Tu portes d'ailleurs son modèle « Caloune », grand succès de la collection automne-hiver.

- Depuis que je l'ai trouvé dans mon armoire, je ne le quitte plus. Je l'adore ! sourit Clara.

- Il te va super bien. Comme je l'imaginais…

- C'est toi qui tricotes aussi les écharpes de Yan ? plaisanta Clara.

- Ce sont des copies des écharpes de sa grand-mère. Pendant la campagne municipale, j'en avais tricoté pour chacun de nous. Mais les gens ont un peu de mal à les mettre…

- L'hiver va revenir, la rassura Betty. Tu vas voir, d'ici deux mois nous serons de nouveau tous bariolés comme pour aller au carnaval !

Clara se promit de commander son écharpe à losanges. Elle réfléchissait aux couleurs – peut-être bleu outre-mer, corail et gris taupe ? Christelle voudrait sans doute la sienne pour aller au marché – quand Yan tapa trois coups avec un bic contre son verre à eau. Le conseil s'installa dans un raclement de chaise. Yan était entouré de son premier adjoint et président de la commission des finances, le fameux Ludo, et de Marie-France, la sexagénaire à chignon amatrice de cigarettes russes avec qui Clara avait discuté à la camionnette, seconde adjointe et présidente des affaires scolaires.

-    Bonsoir à tous, merci au conseil municipal de s'être réuni cette fois encore au complet. Excusez-moi pour mon retard.

« Nous accueillons ce soir trois personnes non élues. J'ai demandé à monsieur Jallot, directeur et professeur des écoles de notre village d'assister à notre réunion (un quinqua à blouson de cuir et boucle d'oreille salua l'assemblée d'un coup de menton, Clara n'avait assurément pas vu la « maitresse » comme ça). L'ordre du jour appelle plusieurs points importants sur l'école. Son avis éclairé sera précieux. La coéducation est une démarche à laquelle le village est très attaché, dans le respect des rôles de chacun.

« Fernand Dau Pra-Gâton, mon prédécesseur dans ce fauteuil, nous fait également le plaisir d'être là (un gros vieillard en salopette bleue de travail grogna dans ses bajoues). Fernand, merci, tu es toujours le bienvenu dans cette assemblée.

« Nous accueillons également Clara que quelques-uns connaissent déjà et qui a emménagé au village voici deux mois. Clara loue à la municipalité la « maison des

Anglais » que nous devrions désormais appeler « la maison de Clara »...

Des petits rires troublèrent le discours formel de Yan. Droit sur sa chaise, les mains à plat sur son épais dossier, la voix posée, il en imposait. Il avait de l'éloquence, de la classe, et une familiarité naturelle avec son public. L'avocate était subjuguée. Les yeux de Yan se posaient sur chaque membre de l'assemblée avec une même distance, et rien ne laissait soupçonner que ce regard franc avait pénétré le sien avec tant de douceur quelques minutes plus tôt. « J'avais peur que tu ne viennes pas », lui avait-il dit. Ce souvenir aviva de délicieux picotements dans son ventre.

-    Tous les conseillers municipaux sont invités à prendre la parole, poursuivit Yan. Je veux un débat franc et réel. Il est important que tous les gens s'expriment. L'école est le premier point à l'ordre du jour. Vous savez combien je suis attaché à la préservation de notre école. Si vous m'avez suivi dans cette aventure municipale, c'est parce que vous y êtes attachés aussi.

« L'arrivée d'un nouvel élève, l'année dernière, nous avait permis de conserver un effectif de seize enfants et de sauver la classe unique - et donc l'école. C'est encore le cas cette année mais c'est loin d'être gagné pour l'année prochaine. Nous devons montrer que nous sommes déterminés. Le Président de la République dit qu'aucune école rurale ne fermera à la rentrée prochaine, et jusqu'à la fin de son quinquennat... sauf quand les maires le demandent. Mais en même temps, l'État fait pression sur l'association des maires de l'Indre pour signer un « pacte ruralité » qui promet de ne pas baisser le nombre de professeurs des écoles pendant trois ans dans le département, en contrepartie de quoi les maires devront procéder à des regroupements pédagogiques, c'est-à-dire concrètement : fermer des écoles.

-       C'est du chantage ! protesta Marie-France, dont le double-menton tremblait de colère. La fermeture d'une école a de tout temps été une compétence partagée entre l'État et les collectivités, mais dans un jeu de dupes. C'est l'Éducation nationale - et elle seule ! - qui décide de retirer ou non un poste d'enseignant, donc de fermer une classe. Si c'est une classe unique, c'est la fin de l'école, et le conseil municipal n'y peut rien. La loi ne lui permet qu'une chose : voter la fermeture de son école. Signer son arrêt mort et porter ensuite sa croix !

-       La métaphore religieuse n'est peut-être pas adaptée à l'école de la République, commenta Betty.

-       Je m'en fous ! déclara Marie-France avec un sourire radieux et Clara eut la certitude que c'était elle l'instit à la retraite « mythique" dont lui avait parlé Alice.

Une bonne partie du conseil municipal sembla comprendre l'allusion à la tirade de Maria Pacôme. D'ailleurs une voix s'éleva sur la gauche :

- « Je m'en fous, mais alors je m'en fous".

- « Je peux pas te dire à quel point je m'en fous", enchaîna Yan.

- « Je n'en ai vraiment rien, rien, rien à foutre", confirma Ludo.

La réunion reprit ensuite son cours, exactement comme si rien ne s'était passé. Clara avait la sensation d'avoir été aspirée dans une brèche intertemporelle, dont il ne restait plus trace. Luc Jallot étudiait consciencieusement la mine de son stylo, soit ces dérapages ne le perturbaient plus, soit il prenait le parti de ne pas y croire.

- Pour vous faire passer la pilule des regroupements d'écoles, ils vont vous faire miroiter des multiplexes scolaires, intervint l'instit en levant le bic, avec tableaux numériques et tablettes à gogo, cantine bio, murs de varappe et mobilier design. Des usines « à apprendre en s'amusant » pouvant accueillir jusqu'à un millier d'enfants de l'école maternelle à la 3e.

- Merci de vos bons conseils, monsieur le directeur, réagit le maire. Si vous le voulez bien, et pour la fluidité du débat, je vous demanderais pour la suite de notre réunion de demander au préalable la parole.

Vexé, Luc Jallot s'affala sur le dossier de sa chaise en haussant les épaules.

- Ces regroupements, qu'ils soient hautes technologies ou pas, seraient surtout situés à des dizaines de kilomètres du lieu d'habitation des gosses, poursuivit Yan. Pour les nôtres, cela impliquerait peut-être une heure et demi de car scolaire par jour. Ils se réveilleraient à 7h00 du matin et reviendrait au village à 18h00 exténués ou après 19h00 si la région impose une seule tournée de car après l'étude. Pour les parents, ça veut dire perdre le contact avec les enseignants. Pour le village, c'est la mort. Vous l'avez compris : je conteste ce « pacte ruralité » et j'entends le faire savoir en menaçant de démissionner de l'association départementale des maires. Mais je me rangerai à l'avis du collectif. Je vous écoute. Ludo ?

- On a été élu pour garder notre école, il ne faut pas céder, dit Ludo.

- Y a-t-il des risques qu'ils se vengent sur nous si on ne se couche pas ? s'inquiéta un autre.

- C'est possible. Mais je crois pour ma part qu'il faut rester fidèle à nos convictions, déclara Yan. Et puis je vous avoue aussi que les réunions de cette assemblée de maires sont aussi rares que soporifiques. Et indigestes si j'ajoute l'incontournable gibier en sauce généreusement arrosé et payé par l'argent du contribuable. Je ne serais pas contre un petit coup d'éclat dans la presse locale autour de ma démission, qui m'évitera à l'avenir le commerce de ces vieux filous.

Le conseil vota à l'unanimité la position de leur maire et Yan poursuivit.

- Concernant les effectifs scolaires, vous savez que deux grands partent au collège l'année prochaine. Si on ne fait rien, nous tomberons alors à quatorze élèves. Ce qui, du point de vue de l'Éducation nationale, n'est pas tenable. Nous avons formulé une proposition à Luc Jallot. Personnellement, je suis déçu de sa réaction, mais laissons-le défendre sa position. Monsieur Jallot, nous vous écoutons.

Clara détacha à regret son regard de Yan. D'un coup, elle eut faim. Elle se demanda en réprimant un bâillement dans combien de temps elle pourrait piocher dans les sandwichs qu'elle avait repérés dans un coin de la salle avec des bouteilles de cidre. A cette heure, Ugo devait picoler sec avec ses potes au bar du Chaudron, brailler, dans la moiteur et le vacarme, se vanner, se vanter, parler d'elle peut-être. Il avait pris l'habitude de sortir tous les vendredis-soirs, et de retourner travailler à l'agence sur les coups de minuit. Elle passait parfois lui faire un café et une gâterie. Que c'était loin.

- Merci de m'avoir convié à cette réunion, déclara Luc Jallot d'une voix de baryton contrarié. Ou plutôt convoqué, alors que - je le rappelle – je dépends hiérarchiquement de l'Éducation nationale.

- Nous vous remercions de votre présence, monsieur le directeur, ironisa Yan. Nous savons que vous habitez à la ville, à 40 kilomètres d'ici. Nous ne vous retiendrons pas longtemps. Allons droit au but. Nous vous avons proposé – comme votre ministère y invite les écoles rurales – d'accueillir à la rentrée prochaine des enfants de moins de 3 ans. Cela concernerait deux enfants du village, et nous permettrait d'afficher un effectif constant.

- Votre combat légitime pour sauver l'école vous fait perdre de vue le seul qui compte à mes yeux : l'intérêt des enfants. A 2 ans, ce sont des bébés qui n'ont rien à faire dans une structure scolaire. La maman, le papa, la nainnain, la nounou, la crèche, le jardin d'enfants… tout ce que vous voulez mais pas l'école ! L'école n'est pas une garderie, c'est un lieu d'instruction. En outre, il est hors de question que je change les couches, que je mouche les morveux et que je fasse des câlins aux doudous.

L'envolée de Luc Jallot fit son effet. L'image de ce grand corps sec au blouson de cuir câlinant une bestiole en peluche fit rigoler tout le monde.

-       J'attire également votre attention sur l'aménagement d'une classe dédiée, l'achat de matériels et de jeux adaptés... ajouta Jallot qui avait repris son sérieux. Ce sera des coûts en plus pour la commune.

-       Si vous le voulez bien, nous débattrons des questions budgétaires entre nous, sourit Ludo.

Jallot haussa de nouveau les épaules. C'était une habitude. Il avait encore en lui cette posture d'ado de fonds de classe, pas méchants mais bourrus, semblant se foutre de tout mais constamment sur la défensive. « Il n'est pas sur son territoire », pensa Clara. Elle regarda Yan : il semblait penser exactement la même chose et entendait en profiter.

-       Nous n'avons pas de problèmes de locaux, intervient Betty. L'école est grande, elle était prévue pour trois classes. Rénover une classe pendant l'été n'est pas un problème, ce pourrait même être fédérateur pour le village si on s'y met tous. Mais je suis d'accord avec monsieur Jallot : les enfants de 2 ans sont encore des bébés...

-       Merci Betty, coupa Yan en lui jetant un regard noir.

-       Je n'ai pas fini. Je me demandais s'il ne serait pas possible d'accueillir les petits sur un très court temps, par exemple une heure ou deux tous les matins ? Nous pourrions demander à des mamans dispos de s'en occuper, ou à Marie-France, ou à d'autres personnes du village ? On tournerait. On ne dit rien à l'Éducation nationale. Elle veut des chiffres : on lui fournira la liste des enfants scolarisés. Qui serait volontaire pour donner deux heures de son temps un matin par semaine ? interrogea Betty en levant elle-même la main.

Trois autres mains se levèrent spontanément, dont celle d'un jeune homme qui semblait à peine avoir 18 ans. Betty jeta un regard appuyé à Clara qui leva le bras aussitôt. Elle ne pouvait rien refuser à celle qui l'avait présentée comme « son amie ».

-       C'est totalement illégal, bondit Luc Jallot. S'il arrivait un incident, s'il y avait une inspection…

-       Quand j'étais institutrice ici, je faisais appel aux mamans lorsque j'étais malade, l'Éducation nationale n'en a jamais rien su, gloussa Marie-France.

(… et tu leur faisais chanter Brassens, coquine d'anarchiste, pensa Clara.)

-       S'il y a une inspection, c'est la fin de l'école publique, je vous aurais prévenu, souffla Luc Jallot en croisant les bras.

\-   S'il y a une inspection, c'est aussi la fin de votre garçonnière dans l'ancien logement de fonction, menaça Ludo de son crayon de bois.

L'instit se renfrogna davantage encore. « C'est un bureau, j'en ai besoin pour travailler au calme le week-end… », marmonna-t-il en s'affalant complètement sur le dossier de sa chaise.

\-   Je vous trouve gonflé de prendre la défense de l'école publique, déclara Betty en se levant de sa chaise.

Yan lui fit un geste d'apaisement de la main. La jeune femme se rassit en lui adressant un imperceptible coup de menton. Un mouvement complice qui semblait dire : « Ok man, à toi. »

\-   Nous avons appris que vous projetez de créer un réseau d'écoles privées en milieu rural, déclara Yan. Permettez-nous donc de douter des valeurs qui vous animent désormais, monsieur Jallot. Pour notre part, nous voulons croire encore que la République ne nous a pas tout à fait oubliés.

\-   Soyez rassurés, ce seront des écoles laïques, gratuites et républicaines, répliqua l'instit' sans se démonter. Je comptais naturellement vous en parler : je suis mandaté par l'Éducation nationale pour réfléchir à leur préfiguration, confirma-t-il en dressant le cou. Des fondations et des ONG sont intéressées pour en financer le réseau : cela ne coûterait rien aux familles et cela permettrait de mettre en place des pédagogies nouvelles, adaptées aux enfants des territoires ruraux.

- « Des pédagogies adaptées aux enfants des territoires ruraux ! » s'étrangla Marie-France. Avant d'être des ruraux, nos enfants sont en France. Ils ont droit à la même école que les autres.

- Sur le fond, vous le savez, je suis d'accord avec vous, mais le principe de réalité…

- La réalité, le coupa Betty en se levant de nouveau de sa chaise, c'est que nous ne sommes pas un pays du tiers-monde et que les ONG, vous pouvez vous les carrer dans l'oignon. On n'en veut pas !

Yan agita de nouveau la main pour la forme. Mais à ses yeux pétillants, Clara devina qu'il ouvrait, avec délectation, la cage aux fauves.

- La réalité, se défendit Jallot, c'est aussi que les niveaux scolaires sont moins bons dans les campagnes françaises…

- Ça n'a jamais été prouvé, fulminait Marie-France. Des études montrent même le contraire.

- Ah, les études… soupira Ludo.

- … le pourcentage des diplômés du supérieur est plus faible…, ajouta Jallot.

- Evidemment, s'écria Betty, les CSP + sont concentrés dans les métropoles : c'est une question de reproduction sociale !

- … et l'élève rural coûte cher au budget de l'Etat.

- Argument imparable, trancha Ludo.

- Débectant, cracha Betty en s'effondrant sur sa chaise.

- Nous n'en sommes pas encore là, intervint enfin Yan. Nous nous battrons jusqu'au bout. Et jusqu'à présent, vous nous avez toujours soutenu, monsieur Jallot…

- Et je continue à le faire dans les instances de l'Éducation nationale, croyez-le bien. Je les connais et je vous le dis : il est trop tard. Le réseau d'écoles privées rurales, ce n'est pas ma tasse de thé, admit-il en baissant les yeux, mais je préfère en être pour sauver ce qui peut encore l'être. Pour les gosses. Et vous y viendrez pour la même raison.

Il avait dit ça avec lassitude, avec une pointe de provocation que Yan choisit de ne pas relever. Le maire estimait qu'il était temps de couper court au débat. Les esprits étaient bien échauffés. Tout dérapage menaçait de devenir incontrôlable. Il abrégea.

- Nous passons au vote du premier point de notre ordre du jour : la demande officielle pour l'ouverture l'année prochaine de notre école maternelle aux enfants de 2 ans.

Aucun élu n'était contre et le premier point fut ainsi clos.

Clara, qui n'avait jamais participé à un conseil municipal auparavant, était scotchée. Si le village était un corps, c'est au conseil municipal que logerait son cœur, pensat-elle. Elle en sentait les battements et les pulsations, tous animés par le même objectif : la survie.

\- Monsieur le directeur et professeur des écoles, reprit Yan, vous nous avez sollicité pour appuyer votre demande auprès du rectorat, de disposer dans votre classe d'une AESH - Accompagnant d'élève en situation de handicap - pour le petit Matis. Je vous annonce que nous ne donnerons pas une suite favorable à votre requête. La mère de l'enfant ne le souhaite pas. La coéducation passe aussi - et heureusement ! - par l'implication des familles dans les choix qui orientent la vie quotidienne de leurs enfants. D'ailleurs, vous n'êtes pas sans savoir que c'est au parent de faire la demande d'AESH, à la Maison départementale des personnes handicapées, le rectorat n'a rien à faire dans l'histoire.

- A ce compte-là, les autres familles doivent aussi s'exprimer, répliqua Jallot. Cet enfant est autiste. Il perturbe la classe. Une AESH est nécessaire pour lui, ET pour les autres élèves.

- En quoi un enfant qui reste dans son coin sans faire de bruit est-il un élément perturbateur ? interrogea Marie-France. Et si c'était toi qui étais perturbé par l'altérité ?

- Pas du tout ! se défendit l'instit.

- Pourquoi ne pas en profiter pour construire ton projet pédagogique de l'année autour de la différence et du vivre ensemble ?

Un monstrueux bruit de klaxon retentit. Ludo, hilare, l'objet du délit brandi au-dessus de sa tête – un véritable klaxon de voiture antique - s'écria :

- Un mauvais point pour Marie-France !

- Ludo ! Tu es incorrigible ! s'offusqua la vieille dame. Nous ne sommes pas au stade, enfin !

- C'est la règle, maîtresse, désolé : un mauvais point pour tous ceux qui utilisent l'expression « Vivre ensemble »… C'est une promesse de campagne. Et ça ne rigole pas avec les promesses de campagne ici.

- On peut passer au dernier point concernant l'école ? grogna Luc Jallot qui avait compris qu'il pourrait s'asseoir sur son AESH. J'ai quarante minutes de route, de nuit, pour rentrer chez moi.

Le dernier point concernait la chaudière. Ce fut Manuel, le tout jeune conseiller, qui s'y colla. En apprentissage chez son oncle chauffagiste, il assura que la main d'œuvre serait cadeau et qu'on s'arrangerait sur la facture. Il détailla, dans un long exposé, la liste des avantages et des inconvénients de changer l'installation à gaz pour une chaudière à bois. Il avait calculé les réductions de charges de toutes les hypothèses, en y incluant les multiples aides publiques à disposition des communes. Marie-France le remercia avec émotion et fierté. Son ancien élève, ex-champion du lancer de baies d'églantier à l'élastique dans la salle de classe, était devenu un pro dans son métier et un citoyen responsable.

Jallot s'impatientait.

-        C'est pas tout ça, mais l'hiver va bientôt arriver. Qu'est-ce que vous décidez ?

-        Nous décidons que les enfants n'auront jamais froid à l'école, déclara Yan. Quant aux modalités, nous allons en discuter entre élus. Vous pouvez rentrer chez vous. Encore merci d'avoir répondu à notre invitation.

Sitôt Jallot sorti, les brouhahas jaillirent de tous les côtés. Chacun avait son commentaire. En gros, l'instit était un indécrottable soupe-au-lait, et pas franc du collier par-dessus le marché, mais tout le monde convenait qu'il était par le passé toujours monté au créneau, y compris à l'encontre de sa hiérarchie, pour défendre l'école rurale. Il était chouette avec les enfants qui l'adoraient. Il avait développé une pédagogie personnelle adaptée aux classes uniques, inspirée de Freinet. Durant les vacances scolaires, il intervenait dans des colloques internationaux pour présenter sa conception de l'apprentissage de l'autonomie enfantine et de l' « autogestion scolaire ». Il aimait transmettre aux enfants, mais aussi aux stagiaires (surtout quand elles étaient jolies, et une instit stagiaire de 20 ans n'est-elle pas toujours jolie ?)

Yan tardait à exiger le silence. Alors que les commentaires avaient dérivé sur la vie sentimentale de Luc Jallot, Clara et Yan se regardaient sans fard, « ils se dévoraient des yeux », dirait Ludo plus tard.

Et puis tout à coup, quelqu'un, posté derrière la fenêtre, annonça « Ça y est, Jallot a filé ! ». Ludo ressortit son klaxon et s'écria « tous au rond-point ! » Yan et Betty s'interrogèrent du regard, manifestement ils n'étaient pas au courant du plan. Marie-France pouffait. Elle, elle était complice et tout à fait partante. « Tous au rond-point ! », entonna Betty en plaçant ses mains en porte-voix. Yan referma ses dossiers et déclara en riant : « OK, on poursuivra dimanche, 15h00 ».

16. *« Comment ne pas perdre la tête,*

serrée par des bras audacieux ?

Car l'on croit toujours aux doux mots d'amour

quand ils sont dits avec les yeux. »

La petite bande dévala les escaliers en organisant la répartition dans les voitures, portables en mains pour prévenir les conjoints, parfois passer les prendre. Marie-France donnait le bras à Anaïs qui portait les sandwichs. On les mangerait là-bas, avec le cidre. Betty entraînait Clara par la taille. Yan cherchait sa main. Ses anges-gardiens n'avaient pas l'intention de la laisser s'échapper et elle était ravie. Mais un monospace les attendait au pied des marches, portières ouvertes, et au volant : Alice.

Alice était surexcitée de sa surprise. Elle se précipita pour embrasser Clara (et Clara seulement). Elle sortait maintenant du coffre une pile de gilets jaunes, qu'elle distribuait en sautillant aux élus gênés. « C'est moche mais c'est le dress code, désolée », récitait-elle. A l'arrière de la voiture, Matis dormait le menton écrasé sur son épaule.

Betty tordait la bouche. Elle était visiblement contrariée, Yan aussi. Ce vent mauvais en direction d'Alice plaça immédiatement Clara de son côté. Elle grimpa à côté de l'enfant et se blottit contre le siège auto. Yan la suivit, hésita à lui prendre la main en cachette (ne la prit pas). Betty monta à l'avant, à contre cœur.

En tête du cortège, dans son monospace à trente mille euros, Alice fit deux fois le tour de la place pour s'assurer que toutes les voitures la suivaient. Elle lista à ses passagers tout ce qu'elle trimballait dans le coffre : bombonnes d'eau, thermos de café et de verveine-menthe du jardin, cannelés maisons et palets bretons, trousse de secours évidemment, bougies, chutes de tissus en pagaille « pour la déco ». Ludo transportait dans son 4x4 des tas de palettes pour alimenter les flammes et la construction des cabanes, expliqua Alice. Les amis des Restos du cœur avaient donné rendez-vous au grand rond-point du Leclerc, celui avec la sapinière. Le RN tenait le rond-point du Super U. On ne risquait pas de se tromper, les fachos avaient planté un drapeau tricolore entre les deux cornes de la statue monumentale de la biquette à strass, ce qui manifestement constituait le comble du mauvais goût pour Alice.

-       Faut pas leur laisser le monopole du drapeau français, grinça Betty à l'avant.

-       On pourrait monter un atelier couture de drapeau demain ! s'excitait Alice. J'ai chiné une superbe machine à coudre à pédales et avec tous les tissus que j'ai dans le coffre, y'a matière à relooker le rond-point et faire venir du monde.

-       Depuis combien de temps vous manigancez ça avec Ludo ? coupa Yan.

-       Oh Yanouche ! Arrête de faire ton rabat-joie. On en a parlé lundi soir au théâtre. Si tu étais arrivé à l'heure…

-       Il était question d'un spectacle, samedi après-midi, avec des chansons et des répliques de cinéma. Là, tu nous entraînes dans une manifestation politique. Je te rappelle que je suis maire, ma présence ce soir aura une dimension symbolique, que je le veuille ou non.

-       Et alors, tu n'es pas d'accord avec le mouvement des gilets jaunes ? Serait-il trop beauf à ton goût ? Manquerait de panache, pour Môsieur Le Maire ?

-       Arrête avec ça. J'ai l'impression d'entendre Ludo. Pour le moment, j'observe ces gilets jaunes ; je n'ai pas de position arrêtée.

-       Et bien il te reste dix minutes pour en avoir une, dit Betty.

-       Alors toi aussi tu es dans le coup ?

- Nous avons tous les deux été manipulés, et je comprends que tu sois fâché. Ceci étant dit, tu as vu cet enthousiasme en salle de conseil tout à l'heure ? C'était aussi fort que lorsqu'on a gagné les élections, peut-être plus même. Ce mouvement populaire et spontané, je ne veux pas le louper, je m'y sens à ma place en tant que femme française, citoyenne et élue de la République, professionnelle de l'action sociale, smicarde, maman solo, comédienne amateure...

- Ça va, ça va, tu vas pas nous faire ta bio, maugréa Yan.

- ... et je pense qu'un maire a aussi, symboliquement, sa place. Si tant est que tu résumes ta personne à ta fonction élective.

- La taxe supplémentaire sur les carburants est brutale, s'énerva Yan, mais on ne peut pas continuer à approuver le tout-bagnole. Je ne voudrais pas me retrouver à brandir des slogans écolophobes auxquels je n'adhère pas.

- Vous réfléchissez trop tous les deux, souffla Alice. Laisse-toi aller, Yan, suis un peu ton instinct.

- Tu dis que tu veux observer : va sur place, écoute, regarde, dit Betty. Prends toutes les revendications au sérieux, tu prendras position après. S'il y a des journalistes, tu pourras toujours leur dire ça.

-        Tu en penses quoi, Clara ?

Clara ne pensait rien et elle le dit ainsi : « rien ». C'était sorti de sa bouche sans passer par son cerveau. Et maintenant qu'elle y réfléchissait, elle pensait que c'était la réponse la plus honnête du monde. Elle plongea en tous les cas Yan dans une méditation profonde dans laquelle – elle l'aurait juré – il se vidait effectivement de toute pensée.

On déchargea le coffre de la voiture sur le rond-point, à la lumière des smartphones, puis Alice se gara au parking du Leclerc. Elle revint avec une pile de boîtes de chocolats de Noël.

-        Le directeur du supermarché les a gardées pour nous. Elles sont invendables parce qu'elles ont été écrasées pendant le transport. On va trier les bouchées intactes ; les autres j'en ferai des gâteaux. Il m'a dit de revenir demain, il mettra de côté les saucisses qui viennent de dépasser la date de péremption.

-        Il achète la paix sociale à bon compte avec des chocolats et des saucisses pourries ! expliqua un gars. La vérité c'est qu'il a peur qu'on bloque demain ses clients, les pousseurs de caddys du samedi.

-        Ce sera ça en moins pour nous, râlait son voisin qui portait un gilet orange fluo « Banque alimentaire ».

-        Vous prendrez tout ce dont vous avez besoin les oiseaux, pas de souci, on partagera, susurra Alice. Hey, Clara ! Tu viens m'aider à trier les chocolats ?

C'était une meilleure idée que de regarder dans la pénombre, les bras ballants, les autres s'agiter. L'objectif de la soirée, c'était d'installer le campement pour qu'il soit tout prêt le lendemain. Un genre de before-theparty. Il fallait avant tout construire un abri pour stocker les premiers dons. Ludo et trois autres volontaires feraient les gardiens de nuit. Clara reconnut parmi eux l'homme à la barre de fer de « Libérez les poulets », elle sut qu'il l'avait également reconnue au drôle de regard, fuyant et malicieux, qu'il lui avait porté. Les quatre hommes dormiraient dans l'abri s'il était fini, ou sinon dans des tentes igloo.

Clara n'avait pas plus d'idée sur l'architecture des cabanes que sur la manière de parler à ces gens. Betty, qui bavardait avec aisance avec les uns et les autres, d'un brasero à l'autre, l'avait oubliée en chemin. Marie-France sommeillait dans un fauteuil de jardin, sous une couverture de survie dorée. Sous l'unique spot, Yan démontait des palettes de bois au pied de biche avec d'autres gars qu'il interrogeait l'air de rien sur leurs motivations. On avait fait comprendre à Clara qu'elle n'était pas bienvenue, que c'était un travail d'homme. Soit. Elle avait vaguement consulté sur internet les points de droit sur l'occupation du domaine public, histoire de vérifier qu'elle n'était pas dans l'illégalité. Avec le lâcher de poulets de l'après-midi, elle commençait à dériver sec. Si son cabinet d'avocat l'apprenait, elle serait bonne pour pointer ailleurs, question de réputation. Tout cela lui semblait tout de même très loin, et sa présence ici pas tout à fait réelle.

Elle envisageait d'aller dormir avec Matis sous la tente igloo quand la proposition d'Alice tomba du ciel.

Elle prit sa tâche de tri de chocolat très au sérieux, bientôt rejointe par une jeune fille trisomique que sa mère avait posée là pendant qu'elle-même organisait la distribution des boissons chaudes. On commençait à se les cailler grave, sauf les hommes qui montaient les cabanes. La jeune fille s'appelait aussi Clara, ce qui la fit rire aux éclats pendant dix bonnes minutes. Elle donnait des conseils, c'était une pro du tri, elle était trieuse dans un ESAT. Comme Clara l'Avocate ne savait pas ce qu'était un « Ezatte », Clara la Trieuse rit encore dix minutes avant de lui expliquer que c'était une entreprise où travaillaient des handicapés mentaux. Qu'il y avait aussi des personnes pas handicapées. Celles-ci ne travaillent pas, mais chut, fallait pas le dire.

-       Elles parlent. Toute la journée elles parlent, chuchotait la jeune fille. Savent pas travailler. Savent pas mettre bouteilles là, cartons là, savent pas. Chut, faut pas dire. Sinon virées. Nous, les handicapés, on les protège, on dit pas, sinon virées. Y'a que moi qui travaille à la maison. Maman virée. Papa viré. Grand frère télé. J'ai un amoureux, il travaille aussi à l'ESAT, il s'appelle Estéban. Il est pas né handicapé. Il arrête pas de dire « Je suis pas né handicapé ! Je suis pas né handicapé ! ». Il a eu un accident de voiture, il est devenu handicapé. Je lui dis « c'est pareil, maintenant t'es handicap ». Il dit que c'est pas pareil.

Les chocolats étaient triés. Les deux Clara en avaient plein les doigts. Ça collait, c'était dégoûtant. Quelqu'un leur indiqua une bassine pour se laver. Il y avait à côté un broc d'eau glacée et une serviette, comme dans les vieux westerns.

-       On fait le sexe mais on n'a pas le droit d'avoir des enfants. Parce que quand ils seront grands, on sera les enfants de nos enfants, expliqua la jeune trisomique. Et ça, on n'a pas le droit. C'est l'inceste.

-       L'inceste c'est quand on fait le sexe avec quelqu'un de sa famille, chuchota l'autre Clara. Personne n'a le droit de faire l'inceste. Handicapé ou pas.

-       Personne ! s'exclama la jeune fille avec un énorme sourire. C'est vrai ? Promets !

Clara promit.

-       Crache !

Clara cracha.

-        Encore !

Clara rejura, Clara recracha.

Elles avaient froid, soif et envie de faire pipi. La maman leur proposa une tisane tiède et leur confia les palets bretons à distribuer. Clara la Trieuse disait « les palettes bretonnes ». Ça faisait rire tout le monde.

Avec les biscuits, c'était plus facile d'entrer en contact, de proposer une aide, de renseigner sur l'organisation du rond-point. Toutes les heures, une voiture ramenait chez elles les personnes fatiguées, ou qui se ménageaient parce qu'elles travaillaient le lendemain ou devaient s'occuper des enfants. Clara faisait circuler l'info des horaires et du lieu de départ. Elle apprenait les prénoms de chacun, faisait parfois les présentations, et fuyait vers un autre gourmand.

Le gros problème, c'était le froid et les toilettes. Pour préserver le lieu, il fallait traverser la route et faire ses besoins sous les étoiles dans une espèce de bois pelé en bordure de nationale. Les hommes qui ne prenaient pas cette peine se faisaient houspiller. Une cabine de WC de chantier était annoncée, mais pour le lendemain seulement.

Le froid rassemblait les gens autour des braseros de fortune construits dans des futs d'acier. La marque d'une bière était inscrite sur le côté. Un vieux monsieur râla qu'il n'y avait à boire que du café et du pissemémère, que c'était les femmes qui avaient dû s'occuper du ravitaillement, mais que ça ne pourrait pas durer des semaines comme ça : il amènerait demain son pack, que tous les vrais hommes en fassent autant ! Les gens riaient, personne ne pensait vraiment que le mouvement durerait des semaines. Clara se laissait entraîner par les rires, elle n'en revenait pas d'être là. C'était l'aventure. Une aventure bien plus édifiante qu'un séjour en Inde organisé par une ONG-agence de voyage qui se remplissait les poches en surfant sur la vague du tourisme éthique. La comparaison lui fit honte. Qui était-elle pour mettre autant de distance entre elle et ses voisins de brasero. Après tout, ne portait-elle pas, elle aussi, un gilet jaune ?

-        Et toi, Clara, pourquoi tu es là ? lui demanda justement l'homme sur sa droite.

C'était la phrase rituelle, celle qui permettait de tisser tout de suite des liens entre inconnus. Il était difficile d'y échapper quand on n'avait plus de biscuits à distribuer. Clara préférait la conversation avec son homonyme trisomique sur la parentalité, le sens du travail et le chômage des personnes peu qualifiés. Elle haussa les épaules, se contenta de sourire. On pensa sans doute qu'elle était timide. Ils pouvaient imaginer ce qu'ils voulaient, cela valait mieux d'ailleurs.

Il était aux alentours d'une heure du matin. Ludo et les autres gardiens de nuit avaient préparé leur couchage. On commençait à envisager de rentrer tous chez soi quand l'atmosphère changea brusquement.

Derrière la fumée et les flammes des braseros, des silhouettes inquiétantes s'approchaient dans un bruit de bottes. Elles projetaient une lumière aveuglante. « Merde, les condés », lâcha l'amateur de bière sans cligner des yeux. Clara ne connaissait pas le mot « condé », mais compris tout de suite qu'un groupe de gendarmes venait de traverser la voie. « Ils sont armés », lâcha une femme d'une voix blanche.

-       Ça ressemble à des fusils mais ce ne sont pas des armes létales, rassura Clara qui avait reconnu les LBD de ses cours de droit. Ce sont des lanceurs de balles de défense. Si on ne les agresse pas, ils ne s'en serviront pas.

-       Moi, rien que de les voir là, je me sens agressée, cracha la femme.

Un homme en gilet jaune s'approchait d'eux, lentement, seul. On le voyait à contre-jour. De temps à autre, il se retournait vers ses compagnons et leur adressait un signe apaisant de ses mains. Deux grosses mains aux paumes découvertes, doigts écartés comme les rayons des soleils dans les dessins d'enfant. Quelqu'un avait reconnu « François 1er, un gars de la cégette ». Il devait son surnom à sa qualité de meneur de troupe. Clara ne savait pas non plus ce qu'était la « cégette », mais elle reconnaissait que, face aux « condés », François 1er semblait dans son élément.

Une silhouette fluette le rejoignait en pas chassés, avec un plateau de cannelés sur la tête. Une biche en manteau long. Alice.

L'homme parlait, Alice proposait ses gâteaux aux gendarmes en virevoltant. Ils paraissaient tous les deux à la fois forts et démunis. Dérisoires et responsables ? Clara n'aurait su dire. Juste admirables. Surréalistes.

Sur ordre, les gendarmes avancèrent tous d'un pas, puis d'un autre. Bousculés, Alice et François Ier étaient contraints de reculer. Un mouvement de foule solidaire émergea vers eux. Clara s'élança avec d'autres, Betty et Yan étaient parmi eux.

-       Vous n'êtes pas autorisés à vous installer ici, répétait un brigadier.

-       Barrez-vous ! traduisait un excité en civil à côté.

-       Nous sommes sur un domaine publique routier, seul le tribunal administratif peut décider d'ordonner une expulsion, affirma Clara en se postant devant le gendarme aux galons.

-       Je m'en fous du tribunal administratif ! rugissait l'excité à côté.

- Vous avez peut-être raison, répondit Clara en surjouant l'ingénue. Si on se réfère à la décision du 8 décembre 2014 du tribunal des conflits, c'est le juge judiciaire qui a compétence d'expulser des personnes sans titre lorsqu'elles sont installées sur le domaine public routier. Toutefois, ça peut se discuter car le contexte était différent. En l'espèce, la commune cherchait à obtenir l'expulsion de personnes occupant des locaux aménagés au sein d'un mur de soutènement d'une place ouverte à la circulation. Rien à voir me direz-vous, mais comme la décision du tribunal des conflits est très large - ce qui, je vous l'accorde, est regrettable (mais c'est ainsi) - je crains qu'elle n'englobe la situation qui nous préoccupe ce soir.

- N'essayez pas de nous embrouiller, criait le brigadier pour se faire entendre à travers les applaudissements. Je suis responsable de la sécurité publique et à ce titre je vous demande de quitter les lieux.

- Nous sommes des citoyens responsables également, sourit Clara. Nous portons des gilets jaunes pour que l'on nous voit bien. Merci de vous soucier de notre sécurité.

(Gros éclats de rires).

-       Si vous vous prenez un huit tonnes dans le cul, je pleurerai pas, reprit l'excité en civil. Je crains uniquement pour la sécurité des automobilistes.

(Houhouhou, cria la foule)

-       Alors soyez réellement bienveillants avec eux, monsieur le député, s'avança Yan. N'augmentez pas les taxes sur l'essence avant d'avoir une solution écologique aux déplacements des voitures.

(Applaudissements, peu fournis - il faut bien le dire)

-       Vous trois là, vous parlez trop bien pour être des gilets jaunes, grimaçait le député. Vous n'en avez rien à foutre, vous voulez juste foutre le bordel.

-       Mais non, mon cher, nous voulons juste… faire la fête ! lança Alice. Allez, venez danser !

Elle plaqua son plateau contre le torse d'un gendarme et essaya d'entraîner le député qui recula d'effroi et s'enfuit. Elle tenta auprès du brigadier qui restait de marbre, puis auprès de son voisin, et ainsi de suite sans se démonter. Elle chantait a cappella d'une belle voix de soprano :

-       « C'est la java bleue, la java la plus belle… »

-       « … celle qui ensorcelle… » enchaîna Yan, d'une voix menaçante, sans bouger.

- « … et que l'on danse les yeux dans les yeux, au rythme joyeux… », entonna Betty avec eux.

De partout, éparpillées sur le rond-point, des voix s'élevèrent :

« Quand les corps se confondent,

Comme elle au monde,

Il n'y en a pas deux c'est la Java Bleue… »[a]

Ceux qui ne chantaient pas se dandinaient. Ceux qui chantaient restaient immobiles comme des troncs d'arbre enracinés. C'était à la fois léger et déterminé. Une comédie musicale à ciel ouvert.

La java achevée, il y eut quelques instants en suspens où Clara pensa que tout pouvait arriver : une charge, un retrait des troupes, un bal où gendarmes et gilets jaunes se mêleraient. Alice percha sa voix très haut et maintint la note longtemps : « Jeeeeee ». Dans la seconde suivante, une nouvelle chanson de bal explosa joyeusement de tous les endroits du rond-point :

« Je ne sais pourquoi elle allait danser

A Saint-Jean, aux musettes.

Mais quand ce gars lui prit un baiser

Elle frissonnait était chipée. »

Les retardataires se rattrapèrent au refrain. Beaucoup le connaissait, ou au moins chantait la mélodie. La troupe du village avait ses classiques dans la région.

« Comment ne pas perdre la tête

Serrée par des bras audacieux ?

Car l'on croit toujours aux doux mots d'amour

Quand ils sont dits avec les yeux.

Elle qui l'aimait tant,

Elle le trouvait le plus beau de Saint-Jean... »[b]

Cela dansait maintenant. Clara passait de bras à d'autres, hommes et femmes, jeunes et vieux. Elle était étourdie par la danse et l'émotion, riait riait. Tout à coup, elle vit Betty, au loin, se faire bousculer par un gendarme. Son amie restait stoïque, chantait la tête et le corps droits, magnifique statue de résistance. Clara avait vu faire des gens dans le métro : quand les flics se prenaient pour des cowboys, le minimum était de les filmer au portable, cela suffisait en général à les calmer. Un ordre fusa, le gendarme lâcha Betty. Elle chantait toujours, toujours droite, mais ses doigts tremblaient quand elle attrapa les mains de Clara.

La chorale du village enchaîna sur « L'petit bal perdu » : « Non je ne me souviens plus du nom du bal perdu. Ce dont je me souviens c'est de ces amoureux qui ne regardaient rien autour d'eux. Y'avait tant d'insouciance, dans leurs gestes émus. Alors quelle importance, le nom du bal perdu ?... »[c]

Puis vint « Le P'tit bal du samedi soir »[d] et là les gendarmes retournèrent à la gendarmerie. Alice avait réussi à leur décrocher des sourires et quelques-uns, en se retirant, répondirent à ses baisers volants.

On se refit une dernière Java Bleue en rangeant le campement. On se quitta ainsi, sur des notes de musique et des embrassades. La promesse de revenir le lendemain.

Alice roulait depuis dix minutes et Clara somnolait contre le siège auto, quand Betty cracha le morceau.

-        Un flic m'a donné un papier avec son 06. Il a dit qu'il m'appellerait pour nous prévenir s'il y a des assauts.

-        Tu as donné ton 06 à un flic ? s'étrangla Yan.

-   Je ne lui ai rien donné du tout ! C'est lui qui m'a donné le sien pour que je le rentre dans mes contacts, s'embrouilla Betty. Pour que je l'identifie quand il appellera.

-   Comment il t'appellera si tu lui as pas donné ton numéro ?

-   Il l'avait déjà, souffla Betty. J'ai eu affaire à lui cette semaine… je, je roulais trop vite. C'est pas la question !

-   Tu donnes ton 06 à qui tu veux, bougonna Yan.

-   Et si c'était un agent double ? s'excitait Alice. Un gars qui essaie d'infiltrer les gilets jaunes en faisant croire qu'il est avec nous ?

-   J'arrête pas d'y penser, confia Betty.

-   Et si c'était tout simplement une touche ? plaisanta Yan.

-   Ce ne serait pas la première fois qu'un 007 donne son 06 ! rit Alice. Puis elle ajouta avec le plus grand sérieux : « Un homme qui possède du Dom Pérignon cuvée 53 n'est pas complètement mauvais »[e].

-   J'ai filmé la scène, quand il t'a bousculée, intervint Clara la bouche pâteuse. Ça pourra toujours servir.

Et elle repiqua du nez dans les cheveux de Matis.

17. *« J'ai le cœur à la colère.*

J'ai l'esprit enragé.

Il n'y a pas de place

pour la musique ou le jeu. »

Au matin, Clara était autre. Elle s'était réveillée le sourire aux lèvres et il lui semblait qu'elle l'avait porté toute la nuit. En fait, elle souriait de partout, de la pointe de ses cheveux jusqu'aux ongles des orteils. Elle chantait aussi « C'est la java bleue, la java la plus bèèèlleu… » en beurrant ses tartines de petit déjeuner, et elle dansait, avec son balais brosse. « Comment ne pas perdre la tête, serrée par des bras audacieux, nain nain nain nin-nin, nain nain nain nin-nin, quand ils sont dits avec les yeux, elle qui l'aimait tant, elle le trouvait le plus beau de Saint-Jean…"

Elle chercha sur internet la chanson originale, lança le karaoké. Elle était ridicule, elle riait de se voir ridicule. Elle se trouvait vivante et belle. C'était quand qu'on y retourne ? Son cœur battait n'importe comment. Elle ne pouvait pas se maquiller à cause de la pluie mais se lava les cheveux et se fit un masque à l'argile blanche et à l'eau de rose. Alice devait passer la prendre à 11H00 en voiture, ça avait du bon le covoiturage : écologique, économique, conviviale… et bien pratique pour les parisiennes sans permis.

Quand elle grimpa dans la voiture, Matis l'accueillit d'un coucou tout mou de la main, son regard déconnecté accroché aux nuages qui moussaient derrière le toit panoramique. Les autres lui dirent à peine bonjour. Alice, toujours au volant, en faisait trop pour détendre l'atmosphère, peut-être cherchait-elle à se faire pardonner d'une nouvelle excentricité. Elle révisait son texte à haute voix.

- « C'est jolie la campagne (silence). J'aime beaucoup la France (silence). Si vous n'aimez pas la mer… si vous n'aimez pas la montagne… si vous n'aimez pas la ville… Allez vous faire foutre ! »[f]

Elle avait déclamé la dernière phrase comme on crache un mollard de haine. Clara en avait des frissons autour des poignets.

- Et là, on balance de l'indus-métal, suggéra Betty sans y croire.

- Notre « Temps des cerises, Temps des châtaignes », version hard rock ? s'interrogeait Yan. Hum, je le sens pas.

-       Je ne sens pas non plus les répliques de cinéma, trancha Alice. Jean-Luc Godard sous une pluie d'automne, sur un rond-point, j'aurais adoré dans l'absolu. Mais les gens auront surtout envie de chaleur… humaine. La chanson apporte ça. Les arrangements de votre ami musicien…

-       Alice ! la coupa Betty. On fait de la politique, là, pas du spectacle de rue.

Les before sont souvent plus sympas que les fêtes elles-mêmes, pensa Clara. Elle aurait dû en rester là. Sur une promesse. Il faudrait toujours en rester aux promesses, ne pas les consommer, ne pas tuer le rêve. Elle serra les poings et dressa, pour Matis, deux doigts comme des antennes. Elles s'agitaient, se cherchaient, se rétractaient au moindre contact. L'enfant semblait y voir le déroulement d'une histoire. Une histoire d'escargots sans début ni fin, sans morale, qui ne le lassait pas.

Enfin ils arrivèrent au rond-point de la sapinière. En plein jour, même sous la lumière d'automne, le lieu n'avait plus rien de festif. Les silhouettes promenaient leurs gilets jaunes d'un endroit à un autre. Silhouettes massives, visages marqués, pognes gercées. Hommes et femmes, plutôt âgées, 50-60 ans, mais il y avait aussi des jeunes gens, et pas mal d'enfants. Il faisait froid, les cafés ne circulaient pas assez vite. La plupart des automobilistes adressaient des signes sympathiques, mais d'autres gueulaient leur mécontentement. Alors ça gueulait aussi sur le rond-point : des injures, des doigts d'honneur. Les femmes bouchaient les oreilles des petits et gueulaient plus fort. Il fallait se montrer dignes, les gars. On n'avait peut-être que ça à montrer, notre dignité.

Alice traversa la foule avec sa toque de tsarine en renard blanc sur la tête. Tirant son caddy d'une main et son fils de l'autre, elle se dirigeait vers la cabane tout sourire. Personne n'avait osé toucher à son samovar. Elle le remplit de charbon de bois et une demi-heure après le thé noir était près. Yan avait rejoint les hommes qui devisaient, pas convaincus, devant les toilettes sèches de chantier. Ludo piquait les premières merguez. Marie-France voulait d'abord cuire les courgettes mais les hommes disaient que les légumes ce n'était pas bon, que personne n'en mangerait. Clara et Betty discutaient avec des camarades gilets autour d'un brasero.

Chacun se racontait. Ils venaient une heure, deux heures, reviendraient sans doute ce soir. Ils étaient ouvriers, employés, retraités, profs, petits patrons, chômeurs, certains n'avaient jamais travaillé de leur vie, d'autres travaillaient trop, personne ne s'en sortaient.

-       Et toi, Clara, tu fais quoi dans la vie ?

Cette fois encore, Clara ne sut que répondre. Et cette fois encore, on la crut trop timide et on allait la laisser tranquille quand Betty intervint.

-       Vous voyez les dentellières qui travaillaient dans la ferme à la fin du 19e siècle pour amener un complément au revenu du mari ? Clara fait le même boulot, sauf qu'on lui envoie le taf par la wi-fi. Elle doit s'exécuter dans la minute et est payée à la tâche. Et quand il n'y a pas de tâche, elle n'est pas payée. Tu as gagné combien le mois dernier Clara ?

-       Je suis avocate en droit des affaires, rectifia Clara en serrant les dents.

Betty était malhonnête. Évidemment que c'était pour la protéger. Mais mieux valait être couverte de plumes et de goudrons que de mentir. Tout le monde ici venait avec son honnêteté comme valeur suprême. Elle n'allait pas rompre ce si beau pacte.

-       On est tous dans la même galère, Clara, la rassura une femme âgée en lui posant sa main sur l'épaule. Il n'y a pas de honte à dire avec quoi on vit. Je suis au RSA, 550 euros par mois, à 55 ans.

C'était l'âge de sa mère. Clara lui en aurait bien donné dix de plus à cette dame usée, au corps lourd et si charpenté qu'il semblait ne pas souffrir du froid. 550

euros, c'était aussi plus que ce qu'elle avait gagné en novembre avec ses quatre affaires.

-       400 euros, dit donc Clara.

-       Avec combien d'années d'études ?

-       Six.

-       C'est scandaleux, dit quelqu'un.

-       J'ai hérité de mon père un studio à Paris, ajouta Clara. Mon compagnon vit dedans pour le moment. Quand il n'y sera plus, cela nous fera un revenu locatif.

-       Il gagne combien, lui ?

-       550. Il est stagiaire dans un cabinet d'architecture.

-       Et je parie qu'il fait le même boulot que les salariés ! s'énervait une autre dame.

-       Ils travaillent tous pareil, au moins cinquante heures par semaine. C'est comme ça dans ce milieu. Ils sont passionnés.

-       Je ne savais pas que tu avais perdu ton papa, dit Betty. Tu avais quel âge ?

-       19 ans.

-       Cela a dû être dur, dit une jeune fille d'à peu près cet âge-là.

-       Pas du tout, j'étais à la fac de Reims, je bossais comme une tarée ou je faisais la fête. J'héritais d'un studio et d'un job d'été jusqu'à la fin de mes études dans son cabinet d'avocat. Ils m'ont même embauchée quand j'ai été diplômée.

-       Il est mort comment ?

-       Une crise cardiaque, au bureau. En pleine nuit.

-       Il te manque ?

-       Il me manquait quand j'étais enfant, parce qu'il n'était jamais là. Quand il est mort, il s'est totalement effacé, c'était dans la suite logique. Et sa mort m'a plus apporté que sa vie. Vous me trouvez monstrueuse ?

Elle qui s'était toujours considérée comme une gentille fille, oui là elle se découvrait hideuse. On lui avait toujours dit qu'elle avait eu de la chance dans la vie. La mort de son père était présentée par son héritage : financier, culturel et social. Et là, tout à coup, il était mort, il était absent et ils ne se parleraient plus jamais.

-       Réfléchis, je suis sûre que tu as au moins un beau souvenir de lui.

-       C'était un homme gris. Il avait la peau grise, les cheveux gris et même ses costumes étaient gris. Il était maigre. Les montures de ses lunettes étaient en fer. Ma mère lui faisait tous les dimanches soir la manucure. Elle lui faisait un compte-rendu de sa logistique domestique à ce moment-là. Je faisais partie de la logistique domestique : mes notes à l'école, mes loisirs, mes goûters d'anniversaire. Cela lui suffisait.

Elle avait parlé longtemps, sans effet d'humour ou effet dramatique, ni rien de scabreux, on l'avait écoutée. On avait accepté que le raisonnement se fasse en même temps que l'expression. On pouvait tâtonner. C'était donc ça « écouter ».

- Tu es sûre ? la bouscula un grand barbu à casquette. On accuse toujours les hommes de ne pas s'occuper de la maison et des enfants. Moi, ma femme elle ne m'a jamais laissé donner un biberon, ni changer les couches, ni faire à manger. Elle disait que je ne savais pas. Tout juste bon à acheter ce qu'il y avait sur la liste de course, ni plus ni moins. Maintenant on est séparé, je vois mes gosses un week-end sur deux. Ils me réclament du Mac Do et des paires de baskets que je ne peux pas leur payer. Je vais vous dire un truc : on ne rattrape jamais le temps qu'on vous a volé.

- Il y a des parents qui crèvent la dalle pour payer des baskets à 150 euros à leurs enfants !

- On sait bien qu'on finira le mois à la Banque alimentaire mais sur le coup on veut leur faire plaisir, dit une femme. On veut qu'ils se sentent comme les autres. C'est ça être parents.

- Je ne suis pas d'accord : être parents, c'est appendre à ses enfants la vraie valeur des choses !

- Vraie valeur de quoi ? Tu as des patrons qui touchent un million d'euros par mois, 33.000 euros par jour, 1.400 euros par heure, même quand ils dorment ! Explique à tes enfants quel boulot peut valoir autant ?

- Si tu prends les fortunes c'est pire, s'enflamma Betty. Le patrimoine déclaré de Bernard Arnaud c'est 70 milliards d'euros. En un an, il a augmenté de 13 milliards d'euros : 24.500 euros toutes les minutes, 410 euros la seconde. Et tu crois qu'il sert à quelque chose ce gars ? Je suis aide-ménagère, je vaux plus que lui !

Les paquets de chips circulaient, les sandwichs aux merguez aussi. Clara reconnut l'odeur du restaurant turc au coin de chez elle. Chez elle ? Un vertige la saisit. On s'inquiéta. Avait-elle mangé ce matin ? Était-elle malade ? Avait-elle froid. Oui, elle était gelée. Mais comment faisaient-ils tous pour rester debout comme ça par cette température ? Betty lui arrangea les cheveux derrière les oreilles en lui caressant les joues au passage. Elle se sentit petite chose entre ses mains. Elle eut envie de pleurer.

Mais bientôt, Alice apparut près du petit groupe. Elle tira Betty par la manche. Alors, on y va ?

- Laissez-moi, je ne veux pas jouer, je ne veux pas chanter, grimaçait Betty. J'ai le cœur à la colère. J'ai l'esprit enragé. Il n'y a pas de place pour la musique ou le jeu. Laissez-moi.

Alice rejoignit le reste de la troupe. Il y eu un court conciliabule puis Marie-France leva sa baguette.

- « Elle est à toi cette chanson,

Toi l'Auvergnat qui, sans façon,

M'as donné quatre bouts de bois

Quand dans ma vie il faisait froid... »[8]

C'était doux et chaleureux, des vieux gilets chantaient avec la chorale, comme l'avait souhaité Alice. C'était triste aussi. Betty regardait les braises.

Nouveau conciliabule. Yan avait ses yeux pétillants. Il se lance, seul :

- « Ami, entends-tu le vol noir des corbeaux sur nos plaines ? »

Betty frissonne, elle sourit. La chorale reprend.

« Ami, entends-tu le vol noir des corbeaux sur nos plaines ? »

Puis c'est de nouveau au tour de Yan :

« Betty, entends-tu le cri sourd du pays qu'on enchaîne ? »

Les autres reprennent en chœur :

« Betty, entends-tu le cri sourd du pays qu'on enchaîne ? »

Et ils reprennent ensemble en s'avançant en rythme vers elle. Une fois, deux fois, trois fois. C'est à la fois menaçant et suppliant. Betty lève une main. C'est le silence. Elle secoue ses cheveux, lève les yeux au ciel et le monde est à elle :

« Ohé, partisans, ouvriers et paysans c'est l'alarme,

Ce soir l'ennemi connaîtra le prix du sang

et des larmes ».

Et puis tout s'arrête. On entend les bagnoles qui tournent, les feux qui crépitent dans les braseros, les klaxons, les vies qui continuent et brusquement la voix enragée de Betty :

« Motivés, motivés, il faut rester motivés

Motivés, motivés, il faut se motiver... »[h]

Elle saute Betty, elle pogotte. Les gilets tapent sur ce qu'ils ont sous la main. Sur la route, c'est le bazar. Plus besoin d'arrêter les voitures, elles freinent toute seules, et ce sont elles qui se font engueuler. Musical drive.

Et puis c'est la chanson suivante. « Ahhhhh », lance Ludo en brandissant ses merguez. « Ahhhhhhh », répète Yan de l'autre côté du rond-point. Une seconde passe, puis toute la troupe entonne :

« Aprendimos a quererte

Desde la historica altura

Donde el sol de tu bravura

Le puso cerco a la muerte… »

Clara fredonne, Clara connaît. Elle adore, elle se dandine. Bossa Nova en gilet fluo !

« Aqui se queda la clara

La entranable transparencia

De tu querida presencia

Comandante Che Guevara… »[i]

Ça y est, ça lui revient. Elle entendait cette chanson tous les matins, en allant au taff, dans les couloirs de céramiques blanches de la ligne 1. Un petit latino qui faisait la manche en invoquant Che Guevara dans le métro parisien. Misère. Le chagrin la submergea de nouveau.

-        Moi aussi, elle m'émeut chaque fois, cette chanson, lui murmura une vieille dame en s'essuyant les yeux.

Betty attrape maintenant Yan, puis Ludo. Marche entre les deux hommes, accrochée à leurs bras. Elle les domine autant qu'elle s'appuie sur eux. Puis les repousse dans un large mouvement, comme une chanteuse de cabaret. Saisit un micro imaginaire :

« J'aime les brigands,

Les tueurs aux grandes dents,

Les assassins de belles rombières,

Les pirates et les voleurs d'enfants. »

Alice s'approche, suspicieuse, cette chanson-là date d'avant elle. D'un autre temps du village.

« J'aime les brigands

Les preneurs d'otages, amoureusement,

Et demain plus qu'hier,

Les beaux mafiosi éperdument.

J'aime leurs armes dressées

Sur les visages vert pâle

De mes semblables effrayés.

Je sais, c'est mal.

Mais que voulez-vous,

Les financiers aux mèches de côté,

Je les préfère détroussés

Par des méchants, par des voyous.

L'argent le mieux gagné,

C'est celui qu'on a volé

A ceux qui se croient les maîtres

De l'univers et de nos vies.

Et tant pis si je suis traître

A ma famille, à mes amis.

Volez-moi, volez mes sous,

Dévoilez mon cœur, il est à vous.

C'est aujourd'hui une roche osseuse

Mais dérobez-le : il deviendra

Une pierre des plus précieuses

Dans la vigueur de vos bras.

Je suis faite je vous le dis,

Pour la rapine, pour la tuerie.

O mon brigand, enlève-moi

De la vie qu'on veut pour moi. »

18. « *A la fin, le rockeur milliardaire*

n'épousera pas la sénatrice

femme de ménage. »

Après la chanson des brigands, il y en eut d'autres, et d'autres encore, mais plus intimes, sans enflammer tout le rond-point. Betty ne chantait plus, elle disait avoir mal dormi, elle était fatiguée et elle prenait froid, elle voulait rentrer. Elle essayait de convaincre Ludo de la ramener, ce serait l'occasion pour lui de prendre une douche, il sentait le cochon fumé. Mais Ludo ne voulait pas quitter le rond-point, et lui il aimait bien son odeur de merguez et de charbon de bois.

Les gens voulaient parler, même Alice convint que l'heure n'était plus au spectacle. Elle s'installa derrière sa machine à coudre à pédales, avec ses multiples coupons, pour confectionner des drapeaux français avec des tissus décalés – toiles de Jouy, toiles de Gênes, Jacquart, léopard… - mais ça ne marcha pas. En revanche elle recousit dans l'après-midi quelques boutons, et on lui amena des pantalons d'enfants à rapiécer. Elle tenta de transmettre la technique, assurait que ce n'était pas compliqué, mais non, on voulait juste qu'elle rende service, ça n'enchantait personne de savoir fabriquer son cache-misère. C'était d'un autre temps. Alice ne le comprit pas.

Clara ne quittait jamais vraiment Yan des yeux. Le regarder et l'écouter l'enivrait, lui suffisait. Toutes les expressions de son visage l'émouvaient, les mouvements de son corps. Et sa voix. Chaude, grave, tellement juste qu'elle donnait envie de la faire dérailler. Oui, cet homme avait une telle maîtrise de lui qu'on rêvait d'être celle qui pourrait le faire chavirer. Clara convoqua le souvenir de Yan sous la pluie, lui demandant de l'accompagner au conseil municipal, et elle eut le fol espoir de pouvoir être une de ces femmes-là. Ils s'évitaient. Ou lorsqu'ils se causaient, c'était avec la complicité superficielle de deux personnes habitant le même village. Ni plus ni moins. Et cela excitait davantage Clara.

« Je peux te parler », lui demanda-il enfin en l'entraînant au centre du rond-point, au cœur de la sapinière. Le lieu était boueux et désert parce qu'il avait servi la veille de pissotière. Il n'avait rien de romantique, et n'était pas vraiment à découvert, mais on pouvait espérer un peu d'intimité derrière les arbres et l'alignement de faux dolmens. « Tu n'as pas froid ? » Si bien sûr, Clara était gelée, de la tête jusqu'au bout des pieds. Il attrapa ses mains un peu brusquement, l'interrogea du regard : oui, prends mes mains dans les tiennes, retire nos gants, enlacent tes doigts aux miens, réchauffent-les, souffle, suce, mordille-les... Yan se contenta de les frictionner, provoquant des brûlures plutôt désagréables.

-        Betty est en train d'attraper la crève, dit-il. Elle est fiévreuse, elle veut rentrer. Pourrais-tu la raccompagner ? Je ne voudrais pas qu'elle rentre seule et moi, je ne peux pas vraiment quitter le rond-point, on compte sur moi ce soir.

Clara sourit pour cacher l'affront. Oui bien sûr qu'elle pouvait faire ça. Elle adore rendre service et c'est vrai que sur ce rond-point elle ne sert à rien, la potiche, pas vraiment à sa place en plus, avec ses rêves de midinette quand d'autres préparent la révolution.

-        La fièvre peut lui provoquer des migraines « coups de tonnerre », je ne connais que toi et moi pour les faire passer.

Elle avait rêvé ou le vert de son iris clapotait ? Ce petit tressautement de la pupille, quand il avait dit « toi et moi », c'était le froid ou le début du début d'une émotion ? Elle voulut soutenir ce regard mais il avait déjà tourné les talons. Alice l'appelait. « Yan, Yanouche, livraison de palettes ! » « On a besoin de vrais mecs pour décharger », ajouta Ludo en surgissant d'un buisson.

Yan avait négocié le 4x4 de Ludo qui comptait de toute façon passer une seconde nuit sur place. Betty attendait Clara sur le parking du Leclerc, adossé à la portière.

-       Merci ma belle. J'aurais pu rentrer seule, ce sont les garçons qui ont insisté.

-       Ils sont très protecteurs, ironisa Clara.

-       Ludo et moi, on se connaît depuis toujours, on est comme des frères, on s'aime autant qu'on se déteste. Yan, c'est l'ami indéfectible, celui que tout le monde rêve d'avoir.

-       Tu as beaucoup de chance.

-       Toi aussi, ils sont tous les deux amoureux de toi.

-       Tu délires, la fièvre sans doute…

-       Oui la fièvre me rend sentimentale, sourit Betty en agitant les clés de la voiture. Je peux conduire ? Je déteste être conduite…

-       Ça tombe bien, je n'ai pas mon permis… avec moi, bredouilla Clara.

-       Il ne faudra pas le dire.

-       Que je n'ai pas de permis ?

-       Que j'ai pris le volant : les garçons ne veulent pas que je conduise au-dessus de 0,5 gramme dans le sang ou de 38,5 de fièvre.

Betty connaissait manifestement la voiture. Elle ajustait le siège et les rétros sans y penser, éteignit la radio d'un coup d'index, tandis que durant tout ce temps Clara se démenait avec la ceinture de sécurité. Elle s'attendait à un habitacle sentant le chien et le sapin désodorisant, c'était plutôt clean.

Elles parlèrent de la belle ambiance du rond-point et des gens rencontrés, de l'émotion suscitée par les chants et les spectacles de la troupe, quand Clara la félicita innocemment :

-       Tu étais magnifique en femme de brigand.

Betty pâlit, chercha sa vitesse, perdit un temps les pédales. C'était une chanson composée pour elle, réalisa Clara. Une chanson qui lui collait à la peau et lui donnait la fièvre.

-       Tu l'aimes encore ?

Betty se concentra davantage sur la route.

-       Qui ça ? répondit-elle avec un soupçon de sourire.

Clara insista. C'était qui cet homme si amoureux d'elle qu'il avait, par la magie d'une chanson, révélé toute sa beauté ? Betty rougit, plongea un peu plus le regard dans le paysage droit devant elle.

-       Tu promets de garder tout ça pour toi ? Je n'ai jamais rien dit au village, même Yan ne sait pas tout.

Clara promit. Betty hésitait encore.

-       Attention, c'est pas du Harlequin©.

-       Tu veux dire qu'à la fin le rockeur milliardaire n'épousera pas la sénatrice femme de ménage ?

Betty grimaça puis se lança.

-       On s'est rencontré à Guéret. Je faisais du shopping un samedi avec des copines. Iggy jouait de la guitare devant Eurodif. J'ai vu ses yeux. C'était impossible de ne pas les voir. Il avait des yeux incroyables : d'un bleu perçant qui m'a troublée tout le reste de l'après-midi. Myleo a les mêmes, et c'est toujours un bonheur pour moi de les voir se poser sur les choses. Il y a cette expression « tout ce qu'il touche devient de l'or » ; Myleo, tout ce qu'il regarde devient précieux.

« J'ai pensé à mon guitariste toute la semaine. Le samedi suivant, je suis revenue seule. Il était là, avec sa guitare et ses yeux que je ne pouvais pas regarder sans trembler. On ne s'est pas parlé. Je l'écoutais jouer et il me regardait l'écouter jouer. Moi, je n'arrivais toujours pas à regarder son visage. Je regardais ses mains sur les cordes. Son auriculaire droit était amputé (il m'a raconté plus tard qu'il s'était pris une tôle sur un chantier). Ça me faisait de la peine ce tout petit doigt qui n'arrivait pas à toucher les cordes comme les autres. J'ai fabriqué une prothèse en bois. Je l'ai déposée la fois suivante dans son chapeau (en fait, ça ne sert à rien l'auriculaire droit, pour un guitariste, mais ça je ne le savais pas encore). Il l'a enfilée comme une alliance. Et il s'est mis à chanter. C'était la première fois que j'entendais sa voix. Elle disait la vie d'un musicien de rue ensorcelé par une fée aux cheveux roux. Un vieux monsieur lui a donné cinq euros pour qu'il m'offre un café. Et voilà...

Betty raconta ensuite brièvement leur vie commune, faite d'engueulades et de réconciliations torrides. Iggy était paniqué chaque fois qu'il venait chez elle parce qu'il craignait qu'on ne lui retire sa place au foyer. La mère de Betty habitait encore dans la maison, ce qui n'arrangeait rien. Il était obsédé à l'idée qu'on découvre qu'il avait une copine, surtout une copine qui avait un logement. Quand Betty lui avait annoncé qu'elle était enceinte, il avait disparu pendant six mois. Betty avait fait toutes les rues de Guéret. Elle était allée au foyer : il avait quitté sa chambre, personne ne savait où il était. « Peut-être à Paris », lui avait dit un gars. Elle avait arrêté de chercher. Elle s'était replongée dans la vraie vie et elle avait rêvé son retour. Elle dit « j'avais appris à être heureuse comme ça, à l'attendre en rêve ».

-        Tu attendais un enfant et tu attendais ton homme, résuma Clara.

-        Il est revenu le jour de ma première contraction. Cette fois, il s'est installé chez moi, avec son barda et sa guitare. Il était aux petits soins. Ma mère venait de prendre sa retraite, elle est partie vivre chez son compagnon, en Vendée. Il détournait pour le bébé des vieilles chansons de Renaud. Je commençais à imaginer une vie de famille. Betty chantonna.

« Myleo, t'es pas né,

mais déjà tu me tiens chaud.

Myleo... »

-        Il a composé des musiques pour nos pièces de théâtre, quelques chansons pour la chorale, il a arrangé celles du répertoire de Marie-France. Tout le monde reconnaissait son talent mais il sentait qu'on se méfiait de lui. Il venait de la rue, il n'était pas causant, il avait deux fois mon âge, il n'était pas d'ici, pas fiable. Il est parti quand Myleo avait six mois. Je sais que les gens du village disent entre eux que c'est un salaud. Un irresponsable.

Betty secoua la tête comme pour chasser une idée bête. « Iggy irresponsable ! » répéta-t-elle en riant. Elle pensait : Iggy, c'est la douceur, c'est le rêve, c'est le gars qui se nourrit de vent, qui compose des chansons sur sa guitare de gitan, qui promettait sa vie de bohème aux Seychelles. C'était comme cela qu'elle aimait Iggy, pas en père de famille. Betty pensait que Clara ne pouvait pas comprendre cela. Elle dissimula son sourire et se tut. Mais Clara avait vu le sourire et les yeux pétiller.

- Du jour où Iggy est parti, je n'ai plus jamais entendu son nom. C'est comme s'il n'avait jamais existé pour eux, et c'est très bien comme ça. Les mamans m'ont aidée à gérer mon bébé. Yan aussi a été très présent. Pour les confidences, j'avais des centaines de copines bienveillantes… sur les forums internet, précisa Betty en riant de travers. Enfin, les soirs de déprime totale où personne ne répondait, je m'inventais plusieurs pseudos pour faire les questions et les réponses. Mon côté schizo.

- J'ai vu tes yeux Betty : tu l'aimes encore.

- Je ne sais pas. Je ne l'attends plus pour construire ma vie et celle de Myleo. Le plus difficile, ce n'est pas de l'élever seule. C'est totalement dingue mais malgré le silence du village, ou peut-être grâce à lui, je dirais qu'Iggy est toujours parmi nous. Comme un fantôme bienveillant, tu vois ? Il nous accompagne et Myleo sent ça : la présence de son père. On vit tous les deux dans le rêve d'Iggy. On y est bien. Non, ce qui est dur, c'est de savoir que Myleo dépend de moi sur le plan financier et affectif. C'est mon enfant : il n'est pas libre de moi. Il est obligé de m'aimer. Je déteste cette idée. Iggy, lui, il a choisi. Jamais je ne lui en voudrai.

C'était un peu dur de se quitter comme ça, mais elles avaient froid et Betty voulait serrer son fils dans ses bras. Clara prit une douche brûlante et s'emmaillota sous les couvertures du canap avec Madame Bovary. Elle s'endormit à la troisième page et se réveilla le lendemain aux aurores.

19. « *On nous promettait trois enfants,* *je n'ai vu qu'un chat.* »

Bravant l'interdit d'Ugo, Clara surfa toute la matinée sur la toile Internet. Le « mouvement des gilets jaunes » était en marche en France et prenait les politiques et les journalistes de court. Les images et les commentaires ne correspondaient pas à ce qu'elle avait vécu. Elle en ressentit de la colère, puis de la tristesse, et finit par rabattre le capot de son ordinateur avec le sentiment de détenir une vérité secrète, d'autant plus secrète qu'elle ne pourrait pas la partager avec grand monde. Enfin, pas avec ceux de son monde d'avant.

Son monde d'avant ! C'était bien joli de couper les ponts, mais il ressemblait à quoi son monde d'aujourd'hui ? A une attente perpétuelle : attendre qu'Ugo arrive (et en attendant attendre ses appels), attendre que Yan la saute, attendre que Betty l'affranchisse, attendre les ordres du taff, attendre le prochain rond-point... Et que faisait-elle de tout ça ? Une gadoue de contradictions.

Quelque chose clochait, quelque chose manquait à l'équation : elle aurait dû avoir peur. Peur comme il se doit de la solitude, des pauvres, des gilets jaunes, du réchauffement de la planète, des réfugiés climatiques, des attentats, des islamistes, de décevoir Ugo, de décevoir tout le monde, de devenir moche... Tout cela n'avait pas disparu. Elle ressentait bien un vertige, la sensation quasi physique et pas très confortable d'être coupée de son passé sans avoir encore accroché les wagons du futur. Mais dans cet espace de flottaison, la peur pesait moins. Les sources de la peur se révélaient. Elles étaient encore aggripées à la sphère de lave apparue dans son rêve le jour où elle avait décidé de ne plus voir sa mère. Elles pendouillaient, flasques pétales de lave fanés mais pas encore tombés. Le détachement était imminent, Clara observait sans impatience la sphère prête à se dénuder. Se diffusait dans son cerveau un élixir aussi frais que ce qu'avait provoqué Yan la première fois en lui faisant le truc de sa grand-mère devant la balançoire.

L'église sonna trois coups, elle allait être en retard au conseil municipal. Quand elle arriva toute guillerette et un peu gênée d'être la dernière, Yan ne la calcula pas et Ludo jeta un regard noir à son blouson de cuir. Ils avaient tous mis leur gilet jaune et par-dessus certains arboraient leur écharpe tricolore de conseiller municipal.

- ... à la demande générale, nous serons donc bref, disait Yan. Toutefois, je ne souhaite bâcler aucun débat : mieux vaut reporter des points à l'ordre du jour que de laisser des questions en suspens. Marie-France, c'est à toi.

- J'ai assuré les années précédentes, à titre bénévole, la coordination des activités périscolaires lorsqu'elles ont été imposées par la réforme des rythmes scolaires de Peillon.

- Elles n'étaient pas imposées, c'est la commune qui avait décidé de les organiser, rectifia Yan.

- Certes, mais rappelle-toi que nous n'y croyions pas. C'était pour jouer le bon élève vis à vis du rectorat. Quand la réforme Blanquer a incité à les abandonner, nous avons décidé de les poursuivre pour trois raisons. Parce que La Nette a eu son accident à la hanche et qu'il n'y avait plus de nounou au village. Parce que c'était cohérent avec notre politique municipale en faveur de l'éducation et que nous pensions que cela attirerait des familles. Et parce que l'aide de l'État aux territoires ruraux était maintenu.

- Une rentrée d'argent de 1.500 euros par an, précisa Ludo. 1.500 euros nets parce que l'animation est assurée par des bénévoles. Je suggère que nous maintenions les activités périscolaires, cela nous paiera la chaudière.

-       Là n'est pas la question, s'énerva Marie-France. Nous n'avons pas de solution pour la rentrée scolaire de La Toussaint. Les bonnes volontés se sont épuisées et les enfants s'ennuient. Qui pourrait, parmi vous, prendre la relève ? Sachant que les projets éducatifs territoriaux, qui conditionnent l'aide financière de l'État, sont beaucoup plus exigeants qu'auparavant.

-       Tu veux dire que l'atelier « cocottes en papier » ne passera plus ? s'émut une élue. Pourtant les enfants adorent.

-       On peut tenter le coup en l'intitulant « Origami et découverte de la culture nippone », tempéra Marie-France.

-       Des volontaires ? questionna Betty.

-       C'est 45 minutes quatre jours par semaine, de 15h45 à 16h30, reprit Marie-France. Les enfants sont mignons

-       Ludo, alpaga Betty, que dirais-tu de montrer aux enfants comment fonctionne une voiture ? Tu ramènes une de tes carcasses, vous la démontez ensemble, je suis sûre que ça va les passionner.

-       Mollo, hé, je bosse moi ! J'ai une auto-école à gérer.

-       Justement, tu gères ton temps comme tu veux... Et il me semble que la clientèle se fait rare.

-       J'y connais rien aux gamins. Et on compte sur moi au rond-point.

-       Allez, Ludovicounet, 45 minutes par semaine...

-       OK, grommela-t-il, mais qu'une fois par semaine alors. Le mardi, sinon rien. Et juste un trimestre.

-       Je peux leur apprendre le tricot, proposa Anaïs.

-       C'est une très bonne idée, se força un peu Betty, c'est tendance. Tu pourrais aussi créer un site internet avec eux ou un Face de bouc ? Les sensibiliser aux dangers d'internet ?

-       Ma voisine fait des colliers avec de la pâte à pain...

-       « Art vivant » et « sensibilisation au gâchis alimentaire », traduit Marie-France en notant la proposition sur son calepin.

-       Mon grand-père fait du vélo...

-       « Découverte cyclable et intergénérationnelle du terroir » ? suggéra Betty.

Les propositions fusaient. Clara réprimait des baillements. Marie-France tapait des mains. Sa liste s'allongeait de secondes en secondes. Betty suggéra à Yan de donner aux enfants des cours sur la citoyenneté.

- Tu es une redoutable politique, Betty, ce serait plutôt à toi de le faire !

- Pour un enfant, apprendre à devenir citoyen avec le maire de sa commune, c'est une expérience unique dont il se souviendra toute sa vie.

- C'est pas Hidalgo ou Collomb qui s'y colleraient ! ricana Ludo.

- Yan, tu peux pas dire non, minauda Betty. Au moins un trimestre, je prendrai le relais après, et je préparerai avec eux le conseil municipal des enfants. Ça aussi, c'est une promesse de campagne…

Betty jeta ensuite un œil taquin à Clara. Elle lui répondit par un froncement de sourcils.

- Toi qui est avocate, que dirais-tu d'une initiation au droit ?

Marie-France lui proposa de venir le lendemain, juste pour rencontrer les pitchouns, et Clara n'osa pas refuser. Mais elle ne voyait pas du tout comment intéresser les gosses au droit. Elle, c'était différent, déjà toute petite elle voulait être avocate, comme son papa. Elle le harcelait : « pourquoi on a le droit de tuer les animaux ? » ; « est-ce que c'est mal de voler pour manger ? » ; « les parents ont-ils le droit de taper leurs enfants ? » ; « comment on vit en prison, à quoi ça sert ? »... Son père n'avait jamais pris la peine de lui répondre, ou elle ne s'en souvenait plus. Sa mère avait-elle confisqué cette relation, comme le disait le jeune papa hier sur le rond-point ?

Perdue dans ses pensées, Clara loupa les autocongratulations portant sur un sujet qui semblait tous les passionner : la couverture désormais totale de téléphonie mobile et de très haut débit dans tout le département. Tout juste se sentit-elle observée quand une élue la désigna du doigt en disant que cela « participait à l'attractivité du village ». « Une attractivité qui a bien failli tous nous faire brûler », balança Ludo, mais elle ne se sentit pas plus concernée.

Yan donna précipitamment la parole à la présidente de la commission urbanisme qui lut un exposé soporifique sur la modification d'un Plan d'urbanisme intercomachin. Clara comprit vaguement que c'était une victoire pour les élus du village et pour Fernand Dau Pra-Gâton qui voyait un bout de son champ classé zone urbanisable.

- Le village est charmant, osa-t-elle intervenir. Ce serait dommage de construire des maisons modernes et moches avec des barbecues dans les jardins comme en banlieue parisienne. Le village perdrait de son authenticité, tout ça...

-       Est-ce que j'ai une gueule d'authenticité ? lança un élu.

Quelques rires complaisants fusèrent. Le vieux Fernand Dau Pra-Gâton était carrément bidonné.

-       Nous sommes tous d'accord avec Clara, intervint Betty. Il ne faut pas construire un lotissement avec des maisons moches, uniformes, sans âme. Il faut veiller à ce que ce soit un véritable éco-quartier qui respecte le paysage et s'intègre à notre village. C'est pour cela que l'école nationale d'architecture de Nantes nous aide à établir le cahier des charges de l'appel d'offre. Avez-vous des nouvelles sur ce sujet, madame la conseillère chargée de l'urbanisme ?

-       Léa m'a dit que son atelier présentera un point d'étape, en présence de leur professeur, lors du conseil municipal de décembre, ânonna la vieille dame en reprenant ses notes. Le document devrait être finalisé au début du printemps.

Elle se tourna vers Clara les yeux pétillants.

-       Léa est ma petite-fille. Elle a toujours voulu être architecte. Quand elle était bousou, elle faisait la vie à ses parents pour venir en vacances à la campagne chez « Nain-nain ». Faut dire, je lui laissais faire tout ce qu'elle voulait avec les outils du grand-père. Il fallait la voir, avec ses petites mains, scier les caissettes et taper le marteau. Elle a construit une ville pour ses playmobils© avec une école, une mairie, des éoliennes, une fête foraine…

- Léa est aujourd'hui étudiante à l'école nationale d'architecture de Nantes, coupa Betty qui savait la grand-mère intarissable sur son petit-génie (surtout la période « Playmo »). Elle a fait un stage à la mairie et nous a initiés à la conduite de projet d'urbanisme. Elle a convaincu ses professeurs de monter un atelier sur le thème de notre futur quartier. L'école suivra le projet sur deux mandats municipaux, de la conception en mode participatif à l'occupation par ses habitants plusieurs années après leur emménagement. Tu sais tout, nous pouvons passer au point suivant.

- Je renvoie les questions diverses à notre prochaine réunion de conseil, dit Yan en refermant son dossier. Qui va au rond-point ?

- Ah non, c'est trop facile, tonna Ludo. Parce que Monsieur le Maire est légèrement embêté sur les bords, il renvoie la question aux calendes. Moi, je veux que l'on étudie attentivement, et maintenant, le coût du mariage de cet été – faut-il vous le rappeler ? 10 000 euros, un quart de notre budget municipal ! - et les retombées… pour le moment, elles ne sont pas glorieuses. On nous promettait trois enfants, je n'ai vu qu'un chat. Les retombées sont plus agréables pour Monsieur le Maire, évidemment. Mais nous ne sommes pas une agence matrimoniale. S'il faut l'abonner à Meetic, je veux bien. Encore qu'il pourrait se le payer sur ses indemnités…

-       Ferme-la, grinça Betty.

-       Ludo, modère tes propos, tu es grossier et absolument inintéressant, tonna Marie-France en se levant de sa chaise.

-       Et Monsieur le Maire, il dit quoi ? Monsieur le Maire il laisse les dames le défendre, il regarde son verre d'eau et il ne dit plus rien, c'est rare. Et Mademoiselle Clara ? Elle dit quoi, la demoiselle quand elle n'est pas déguisée en gilet jaune ? Elle voulait de l'authentique ! Elle est servie ! Ah mais attendez, Monsieur le Maire me fait passer un papier. Je lis : « ferme-la, Clara n'est pas au cou… »

Ludo ne put finir sa phrase. Yan lui avait adressé un coup de poing dans les côtes qui le renversa de sa chaise. Car « quand kiné pas content, kiné frappe juste », dira plus tard Ludo. Mais à ce moment-là, il avait perdu tout sens de l'humour. Il tira le pied de la chaise de Yan qui s'écroula sur lui. Betty hurlait « vous êtes vraiment trop cons ! » et s'enfuit en tirant Clara par la manche.

Les membres du conseil municipal tentèrent de séparer les deux hommes, mais ils étaient déchaînés. « Voulez-vous bien cesser cette trifouillade ! », grondait, perchée au-dessus de la mêlée, une Marie-France aux joues roses et gonflées de colère. La pile de sandwichs vola en éclat. Le jeune chauffagiste avait pris un coup sur la tempe et Anaïs tentait de le ranimer en lui tapotant la main. Fernand gueulait : « A la castille ! Mords-y l'garganet ! », sans que l'on sache pour qui il était. Vraisemblablement pour aucun des deux. La bagarre l'amusait follement, voilà tout.

Emportée par la poigne de Betty, Clara ne vit pas les deux hommes à terre, ni qui prenait l'avantage. Elle reculait, la main sur la bouche et les yeux exorbités, répétant « c'est pas possible, c'est pas possible ».

Après s'être rafraichie le visage à la fontaine de la place, elle avait les idées plus claires. Une seule question comptait désormais.

Betty, je ne suis pas au courant de quoi, exactement ?

20. *« Elles sont affectueuses mes poupoules, elles vous apporteront beaucoup d'amour, bien plus qu'un homme. »*

Betty ne voulait rien lâcher. « C'est à Yan de t'expliquer », disait-elle. « Et il va venir te parler, je te le promets ». Elle s'enfuit prétextant qu'elle devait récupérer Myleo chez La Nette avant que Ludo ne rentre chez lui « parce qu'elle n'avait aucune envie de le croiser sinon elle lui casserait la gueule à ce connard ».

Les cinq coups de cloche résonnèrent dans le silence et le froid de la maison. Clara alluma un feu, ordonna les coussins du canapé. Elle fit chauffer de l'eau, mit des feuilles de verveine et de sauge dans la théière.

Mais Yan ne vint pas.

Et Betty ne donnait plus signe de vie. Ni personne. Sur la place du village, les dernières voitures filaient, sans doute vers le rond-point.

La nuit était tombée. Le vent soufflait dans le jardin en friche. Les paroles de Ludo résonnaient dans la maison vide : « On nous promettait trois enfants, je n'ai vu qu'un chat. Les retombées sont plus agréables pour Monsieur le Maire, évidemment. Mais nous ne sommes pas une agence matrimoniale », avait dit Ludo. Yan s'était donc fait payer son mariage par la mairie, en échange il avait promis trois enfants au village, Matis et les deux autres qu'il aurait avec Alice. Mais Alice tardait à tomber enceinte et le conseil municipal demandait des comptes. C'était abject.

Demain Clara prendrait le car scolaire jusqu'à Garanzon. Elle serait à Paris à midi si elle parvenait à choper le train de 9h24, sinon elle serait bonne pour celui de 11h17 qui mettait six heures pour rejoindre la capitale. Elle préviendrait Ugo et Flo dans le train. Elle donnerait une semaine à Ugo pour quitter le studio, se réfugierait chez Flo ce temps-là. Et puis… et puis elle verra.

Scoubi poussa son cri. Elle s'assoupit sans doute puisqu'elle n'entendit pas le claquement de la chatière ni le chat monter jusqu'à la chambre. Elle sentit la chaleur de sa fourrure contre son épaule. « Matouche, murmura-t-elle, mon chat ». Elle se rendormit dans le ronron régulier et rassurant de l'animal, après lui avoir expliqué qu'elle allait partir, mais que lui devait rester au village pour prendre soin de Matis. Au matin, il n'était plus là.

A 8 heures, Clara était prête. Les volets de la maison étaient fermés. Ses sacs étaient posés aux pieds du porte-manteau. Elle avait mis son blouson et ses bottes. Ses converses étaient toujours dans la machine à laver, avec ses fringues de la veille. Elles y resteront. Adios.

Elle entendit une voiture se garer devant la fenêtre. Quelques secondes plus tard, on toqua. Yan ? Betty ?

Clara ouvrit la porte sur une espèce de batracien monté sur deux courtes pattes. Une femme en fait. Elle était vêtue d'un pull aux motifs « camouflage militaire » qui lui descendait jusqu'aux genoux. Un cigarillo coincé entre ses lèvres épaisses, elle portait un énorme carton dans ses bras. Encore un carton ! Celui-ci était tâché de fientes. Il vibrait d'une inquiétante manière.

-       Livraison des poulettes, marmonna la femme en jetant au visage de Clara une haleine marécageuse.

-       C'est une erreur, répondit Clara. Elle s'apprêtait à refermer la porte mais la dame-grenouille imposa son genou contre le chambranle.

-       J'ai des poulettes « Pour Clara de la part d'Ugo, avec tout mon amour », gueula-t-elle en montrant l'étiquette scotchée sur le carton. Et je sais que Clara : c'est vous, murmura-t-elle en plissant ses petits yeux.

La femme la regarda de haut quelques secondes. Puis elle rit d'un grognement de fumeuse tandis qu'elle lui collait le carton sur la poitrine.

-       Bougez-pas, j'ramène la bouffaille.

Elle revint quelques secondes plus tard avec un sachet de toile de jute tatoué de logos ésotériques. Elle le jeta sur le carton que Clara tenait toujours à bout de bras. Clara n'avait, effectivement, pas bougé d'un poil. Elle était pétrifiée. Le choc du sac la déséquilibra. Dedans, ça gloussait plus fort encore.

- Elles ont six mois. Si vous les bichonnez, si elles se sentent bien avec vous, elles vous donneront de bons œufs d'ici trois semaines. Vous verrez, elles sont affectueuses mes poupoules, elles vous apporteront beaucoup d'amour, bien plus qu'un homme. Faut regarder souvent leur trou du cul : parfois la merde a séché et ça fait un bouchon qu'elles peuvent pas enlever seules, faut gratter avec son ongle. Faut vérifier les poux aussi. C'est un coup de main à prendre : soulever les ailes délicatement et passer la main. Si ça grouille, c'est les poux. Les pires, ce sont les poux rouges. Ils sucent le sang des poupoules en moins de deux jours. Si la merde est marron avec des tâches de sang, là ce sont les coccidioses, des parasites qui vivent dans les intestins. Je vous donne un truc de ma mère : du pain trempé dans du vin chaud avec du sucre. Ça marche aussi quand elles ont la crève, nez qui coule et mousse qui sort du bec.

La femme grimpa dans sa fourgonnette et démarra. Sur le flanc du véhicule, on pouvait lire : « Livraison de poules pondeuses, œufs couvés, poussins vivants et surgelés. Commandetapoule.fr »

Dans la caisse, ça gigotait de plus belle. Clara traversa son salon et balança le carton dans le jardin avec le sac de « boufaille ». Munie du balai-brosse, elle roula la caisse en direction du poulailler. Pour couvrir les protestations du carton, Clara poussait des râles rauques – on eut dit qu'elle récitait des mantras : « Manokamalaa vam vam manokamala… »

Ça lui était venu comme ça, du fond du ventre. Elle tapait sur la caisse de manière désordonnée mais, à chaque « vam vam », son geste se faisait plus précis, plus violent aussi. Dès qu'elle apercevait, à travers les trous d'aération du carton, un bout de bec, de crête ou d'ongle jaune elle tapait plus fort. Sa voix montait dans les aigües. La panique la gagnait. Une bouffée de haine et de mort l'envahissait toute entière.

Le carton s'amollissait à mesure qu'il absorbait l'humidité de l'herbe. A l'intérieur, les bêtes se débattaient. Combien étaient-elles ? A quoi ressemblaient-elles ? « Manokamala ». Clara ne voulait pas y penser. Tout en elle était concentré sur le balai qui tapait, tapait.

Le carton se déchira. Une tête de poule surgit. Sa crête saignait. De ses petits yeux sortait une mousse laiteuse. Clara balança le balai sur la bête et s'enfuit. Elle ferma la porte-fenêtre de sa maison en tremblant. Armée du tisonnier de fonte, elle s'immobilisa devant la vitre du jardin, jambes écartées, comme une samouraï égarée d'une mauvaise série B. Elle était d'accord avec Scoubi : la poule était la bête la plus répugnante de la création animale.

On toqua de nouveau. Cette fois c'était Betty. Elle vit le sac, le blouson, le tisonnier dans les mains de Clara. « Il n'est pas venu », dit Clara. Betty hocha la tête, « je sais ».

-        Mais je suis pas con, j'ai deviné l'arnaque.

-        Il fallait sauver le village, tu comprends ? implora Betty. C'était à lui de t'expliquer !

Clara hocha à son tour la tête, « non, je ne comprends pas ». Elle dit aussi qu'ils la dégoûtaient tous, qu'elle rentrait à Paris, que s'en était fini de l'hypocrisie, des poules et des magouilles. « Monte », dit Betty en désignant sa voiture. Clara attrapa ses sacs et claqua la porte de la maison. Pour toujours. A peine eut-elle posé ses fesses sur le siège avant du break que Betty démarra en trombe. Ses doigts étaient crispés sur le volant et ses yeux fixés sur la route. Elle roulait sans un mot puis tourna brusquement le volant et se gara devant un arrêt d'autocar. Elle débloqua les portières et sortit de la voiture.

-       Maintenant, tu vas tout lui expliquer ! hurla-t-elle.

Clara vit Yan sortir de la cage de ciment, ou plutôt : l'ombre de Yan. Sa lèvre supérieure était enflée et son œil droit dissimulé sous un cocard. Il portait les mêmes vêtements que la veille, déchirés, tachés de sang. Son écharpe à losanges pendait lamentablement. Betty ouvrit son coffre, en sortit un vélo et pédala vers le village sous un soleil éclatant.

Yan ouvrit la portière de Clara mais Clara ne bougea pas. Il lui tendit la main. « Viens », « Viens, je dois te parler », « Viens, Clara, je vais te dire la vérité, après tu décideras », « Après je t'emmènerai à la gare ». Il était pitoyable dans sa grande carcasse esquintée. Il vit son regard observer froidement chacune de ses blessures et se sentit honteux. D'ailleurs, il dit : « J'ai honte ».

J'écoute, dit Clara en tournant ses yeux noirs vers l'horizon de la route. Fais vite, mon train part dans quarante-cinq minutes.

21. « *Je suis né et j'ai grandi*

en Bretagne intérieure. »

« Je suis né et j'ai grandi en Bretagne intérieure. Mon arrière-grand-mère était rebouteuse. On l'appelait Gwrac'h Elwenn. Elle m'a transmis le don de soulager le « poan ben » (le mal de tête) et le désir d'apaiser les corps en général. Après le bac, je suis entré à l'école de kinés de Rennes, grâce à une bourse d'État en échange de quoi, une fois diplômé, je devais pratiquer cinq ans en zone rurale. J'ai rencontré dans cette école Alice et Gabriel, et d'autres étudiants qui sont restés des amis. Alice était une jeune fille singulière, belle et étrange. Gabriel était fou d'elle. Elle l'aimait passionnément. Fin de l'épisode rennais.

« A la fin de mes études, j'entreprends de rembourser ma dette à l'État et j'atterris à Garanzon. J'ai 23 ans et tout est à faire. Je débute rapidement les tournées à domicile et je monte, avec les élus, la maison de santé pluridisciplinaire. On mettra trois ans. Je rencontre Betty, qui n'a pas 20 ans à l'époque et qui est embauchée en contrat d'avenir au centre intercommunal d'action social. Nous avons des patients en commun, on a la même passion pour nos métiers : soulager nos petits vieux dans leur vie quotidienne. Mon engagement avec l'État se termine. J'ai 28 ans. Je décide de rester parce que je suis amoureux. C'est ma prof de théâtre. Trois ans après, la ville réduit ses subventions à la culture, le cours de théâtre disparaît et ma compagne est au chômage. Elle trouve un poste en Seine-et-Marne et me quitte. Je suis au fond du trou. Betty aussi : elle est enceinte et son copain vient de la quitter. On se soutient. On était collègues, on devient amis. Elle me présente à des gens de son village, des potes qui se connaissent depuis l'enfance. Ils ont une chorale et un petit groupe de théâtre montés par l'institutrice quand ils étaient à l'école. Ils font des impros dans la région dans lesquelles ils associent les spectateurs. Ils m'accueillent gentiement. Je me sens bien dans ce village : plusieurs personnes veulent monter une vraie troupe et parallèlement, on me pousse à devenir maire. Il n'y a que Ludo qui me cherche. J'apprends qu'il a eu une liaison avec mon ex-compagne. On discute : pour moi c'est du passé, il enterre la hache de guerre et on se lance ensemble dans la campagne des municipales. Je prends une chambre chez l'habitant : chez Marie-France, l'ancienne institutrice qui connaît tout le monde et me bichonne.

« Le maire en place a 75 ans. C'est Fernand Dau Pra-Gâton. Il veut jeter l'éponge depuis déjà deux mandats. Fernand perd un peu la boule. Son exploitation agricole est vétuste, hors normes, mais une société chinoise lui en propose cinq fois le prix. Fernand vit sous le seuil de pauvreté. La vente de ses 68 hectares de champ serait un complément de revenu et un petit capital à transmettre à ses enfants. Mais il faut qu'il crée une société écran et surtout qu'il renonce aux valeurs qu'il a défendues durant ses mandats. Fernand tient bon face aux chinois. Il se met toute sa famille à dos. Il tombe en dépression et commence à vraiment perdre la tête.

Lors de la campagne municipale, notre équipe imagine un projet pour sortir Fernand de la misère et développer notre village. On prend contact avec une foncière agricole, « Terres de liens », qui fait dans l'investissement solidaire. Elle est d'accord pour lancer un financement participatif qui permettrait de racheter 60 hectares de terres à Fernand. La mairie créerait une régie municipale agricole pour salarier des jeunes sans capital qui voudraient se lancer dans la production vivrière bio… Un aménageur est intéressé par les 8 hectares restant, situés tout près du centre du village, pour y construire un quartier d'une vingtaine de maisons. Mais il faut obtenir de l'intercommunalité qu'elle le transforme en zone urbanisable. Le président pressenti donne son accord de principe à condition qu'il y ait un Ehpad (une maison de retraite, si tu préfères) et que les logements soient tous HLM car le bailleur social du département veut des chiffres à présenter à l'État.

Nous, ça nous va. Mais au village, ça tique, on ne veut pas de barres comme à Clichy-Montfermeil. On rassure : ce seront des maisons, une étudiante en architecture que tout le monde connaît parce qu'elle est la petite fille d'une habitante du village va nous aider. Du coup, on récupère la grand-mère dans notre équipe de campagne. On nous dit aussi « on ne veut pas de pauvres chez nous » et là Betty s'énerve : « regardez-nous, nous sommes tous pauvres. ». Quelqu'un dit « on ne veut pas d'arabes » et je suis désemparé. Betty me souffle à l'oreille : « laisse couler ». On est sur la même longueur d'ondes politique, on se complète, je sens qu'on va soulever des montagnes. L'argument final, c'est encore elle qui le trouve : c'est l'école. En faisant venir des familles, nous sauverons notre école. Et là, ça mord. Nous avons trouvé le fil conducteur de notre campagne. On passe des soirées à rêver du renouveau du village. Il n'y a qu'une liste électorale, on est sûrs de gagner, mais on travaille comme des fous. Je n'y arrive plus. Avec le cabinet et les visites à domicile, je travaille 60 heures par semaine, plus les réunions politiques quasiment un soir sur deux.

« La maison de santé a mis des annonces partout pour recruter un nouveau kiné. La bourse d'État favorisant l'installation en milieu rural n'existe plus. Je travaille avec la communauté de communes pour créer une offre clé-en-main : elle propose un salaire et tous les droits qui vont avec, un logement de fonction, la possibilité de travailler à temps partiel, l'aide à la recherche d'emploi pour le conjoint… mais tout ça ne donne rien. J'active mon réseau des anciens de l'école de Rennes. C'est Gabriel qui d'abord répond, juste pour donner des nouvelles. Alice et lui ont eu un enfant. Il est autiste. Ils ne parviennent pas à surmonter le choc. Alice se renferme comme une huître. Lui, ne supporte plus l'ambiance à la maison, il se donne à fond dans son travail et monte un projet de clinique de rééducation pour animaux avec une amie vétérinaire. Il me souhaite bonne chance, et on en reste là. Quelques jours plus tard, Alice prend contact, donne à peu près les mêmes nouvelles et m'annonce que Gabriel veut la quitter. Gabriel dément. Je ne sais pas ce qu'ils se disent mais Alice m'annonce qu'elle prend le poste à la maison de santé et me rejoint avec son fils. Je leur trouve une belle baraque en pierre et des aides publiques pour la retaper. Ils emménagent 15 jours après et Alice prend ses marques jusqu'à l'été. Elle inscrit Matis à l'école, fait connaissance avec les gens, intègre la troupe de théâtre, rénove sa maison, rapatrie ses meubles de famille…

« Pendant ce temps, notre équipe de campagne gagne les élections. Nous sommes tout feu tout flamme. Une maison vide depuis 15 ans a retrouvé un propriétaire, un nouvel enfant est inscrit à l'école pour la rentrée prochaine, et nous avons confiance dans l'avenir. Alice débute son travail au cabinet à la mi-juillet. Un an se passe ainsi, couci-couça. Gabriel prend régulièrement des nouvelles auprès de moi. Alice ne veut pas lui parler au téléphone et supprime ses mails avant de les ouvrir. Je suggère une garde partagée durant les vacances scolaires. Alice s'y oppose, Gabriel ne se bat pas. Il est malheureux. Elle est malheureuse, mais vaillante. Elle se donne à fond dans le boulot, et aussi dans le théâtre. Elles se met au chant. Elle adore les impros et les performances. Elle passe d'un rôle à l'autre avec plaisir et talent. Elle joue la bourge râleuse qui met le boxon sur un marché. C'est une de ses performances préférées : ça finit en bagarre, avec canardage de tomates et d'œufs, et on arrête quand on entend la sirène des gendarmes. Elle fait la touriste anglaise en goguette, la députée qui vient visiter ses terres... Elle adore changer de peau. Elle enfile les rôles comme on enfile des vêtements. Elle est épatante. Elle s'éclate. Elle n'est jamais aussi heureuse que lorsqu'elle n'est plus elle-même. C'est elle qui organise nos spectacles dans les villages des alentours. Elle veut nous embarquer au off d'Avignon. Elle impulse une énergie nouvelle mais la faille est toujours là : elle pète parfois un câble et se barre la nuit dans la campagne. Tu as vu, tu sais.

« Entre temps, les Anglais nous annoncent qu'ils mettent leur maison de vacances en vente. C'est un choc. Les volets n'étaient ouverts que deux mois dans l'année, mais ils s'ouvraient. Un agent immobilier passe de temps en temps avec des clients, et repart toujours bredouille. Personne n'en veut de cette baraque : trop grande, trop près de la place, et trop loin de tout... il désespère de trouver un touriste intéressé et les gens d'ici, « à ce prix-là, ils préfèrent le neuf », qu'il nous explique. On le sait : c'est pour cela qu'on a décidé de construire le nouveau quartier. Et puis l'agent ne dit plus rien, il ne vient plus du tout. On a les clés, on ouvre parfois les volets, les dimanches de soleil, parce que sinon c'est trop triste. Certains soirs, on y refait le monde sur la terrasse ou devant la cheminée. Ou plutôt, on refait le village. On se sent un peu chez nous.

« C'est comme ça qu'on a cette idée de l'acheter, nous, la mairie, pour aller vite, sans passer par l'organisme HLM. Marie-France a découpé un article du Monde : « 58 % des urbains rêvent de vivre à la campagne ». Alors nous aussi on commence à rêver. On rêve d'une famille avec plein d'enfants. Une famille de bobos urbains à la recherche d'exotisme campagnard, graphistes ou traducteurs on s'en fout du moment qu'ils aient des gosses et de la thune. Ce n'est qu'un début, un test pour lancer un autre projet : la rénovation de toutes les belles maisons délabrées du village que les gens d'ici ne veulent plus. La renaissance de la maison d'Alice avait laissé perplexe : il existait donc des imbéciles à la ville pour avoir envie de vivre dans la vieille pierre et y investir ? Ceux-là, pour peu qu'ils aient des enfants, on serait prêts à les accueillir. Il existait même une institution - l'Agence nationale de l'habitat – qui distribuait des subventions et accompagnait les propriétaires pourvu qu'ils soient modestes ou qu'ils louent également à des gens modestes. C'était le cas et on arrive à en convaincre quatre. Des gens de la ville qui ont hérité de ces maisons familiales dont ils ne font rien mais auxquelles ils tiennent par nostalgie. Avec ce projet et celui de l'éco-quartier HLM, on allait repeupler le village, le rajeunir, et sauver notre école. On s'endette sur 10 ans, 120 000 euros. Une folie ! Mais dans 5 ans, on touchera les impôts des nouveaux habitants. On se remboursera comme ça. On y croit.

« Les Anglais avaient laissé des meubles et de la vaisselle chinés dans les alentours. Alice en vend une partie sur LeBonCoin© pour en racheter d'autres en s'inspirant des magazines de déco sur les « Maisons de campagne ». Elle achète au poids des vêtements d'occasion pour constituer la garde-robe qui va avec. Elle les retaille, elle s'éclate. Dans le garage, elle aligne les manteaux de mamie, les gilets de veuve et les vestes de chasse, les sabots, les bottes en caoutchouc... Avec Anaïs, elles tricotent des chaussettes et des pulls qu'elles empilent dans les placards, elles crochètent des plaids pour les fauteuils du salon. Marie-France s'occupe de l'aménagement paysager du jardin. Je construis le poulailler et les balançoires avec Manuel... Ludo part à la recherche d'une 2 chevaux. Il revient bredouille et il se rabat sur une 4L qu'il recompose avec trois épaves. Quand tout est prêt, on passe des annonces dans les grandes villes de l'Ouest et à Paris. Et comme pour le kiné, ça ne mord pas.

Alors on a cette idée folle : passer une annonce pour un vide-grenier dans les magazines de déco qui avaient inspiré Alice et dans la presse parisienne. On avait bien vu que les vides-greniers faisaient venir du riche dans les villages. On a tenté, et tu es venue...

Yan porta les mains à sa bouche et ferma les yeux. Clara répliqua d'une voix froide.

-       Tu te trompes : nous avons débarqué une semaine après, le jour de ton mariage. Il y avait une erreur de date dans l'annonce.

-       Non, il n'y avait pas d'erreur, dit Yan péniblement. Il n'y a jamais eu de vide-grenier, c'était l'appât. Nous voulions donner l'image d'un village joyeux, tourné vers l'avenir, pas d'un village qui se débarrasse à pas cher de ses vieilleries du passé. On voulait de la joie, de la jeunesse, de la musique, de la ripaille, que ça pète, que ça flambe.

-       Tu t'es marié avec Alice juste pour ça ? Pour faire envie à des crétins comme moi ?

- Tu ne comprends pas, Clara. Ce mariage était un faux. C'était une performance de théâtre. Une farce…

- Mais… tout ce monde ?

- Nous avons rameuté tous les gens que nous pouvions. On a fait un casting : il nous fallait des enfants, beaucoup d'enfants, des beaux jeunes, des beaux vieux… Alice a encore une fois conçu les costumes : les robes des demoiselles d'honneur, sa robe de mariée, les robes des femmes, les vestes des hommes, les chapeaux… Marie-France s'est occupée des fleurs. Ludo du méchoui…

- Vous avez payé tous ces gens…

- On leur offrait les costumes et surtout une journée de fête, avec un banquet, des jeux, un bal… ça nous a coûté 10 000 euros.

- C'est horrible, murmura Clara en enfouissant la tête dans ses mains.

C'était bien dans un trou qu'elle était tombée. Un piège creusé par tout un canton. Yan tendit une main vers Clara, pour la consoler, pour se faire pardonner, il ne savait pas bien pourquoi. Quand elle sentit les doigts de Yan frôler ses cheveux, elle les rejeta violemment.

- Ne me touche pas ! Continue.

Yan recula vers le banc de ciment et s'y affaissa. La tête branlante, les doigts crispés sur ses tempes, il reprit son monologue.

- Notre stratagème fonctionne. Nous avons cinq touches. Deux se rétractent dans la semaine. Deux sont des retraités. Il ne nous reste que vous. Vous n'avez pas d'enfants, mais on se console : vous êtes jeunes, vous semblez amoureux, il suffit d'attendre.

« On nous promettait trois enfants, je n'ai vu qu'un chat... », se remémora Clara en tapant rageusement du pied contre le mur de l'arrêt d'autocar.

- Continue, répéta-t-elle.

- Une semaine après le faux mariage, un père et ses jumeaux emménagent dans une maison inoccupée depuis 20 ans, à la sortie du village, à côté du Pré Gâton. Une ruine. La toiture est éventrée. Les carreaux des fenêtres sont cassés. Des murs de l'habitation sont effondrés. Il l'avait achetée à un enfant du pays que nous croyions avoir convaincu de rénover son bien avec les aides de l'Anah, avec la perspective de le louer après. Ça lui avait donné des idées, au salop. Il n'a pas attendu les aides, il a vendu la ruine en l'état, dix ou 20 mille euros.

« Quand on voit le jeune père avec ses deux garçons sortir les matelas et les meubles d'un camion, nous nous précipitons. C'est une si belle surprise ! Nous nous retroussons les manches plein d'enthousiasme. Nous proposons nos bras. C'est la douche froide. Il nous envoie bouler. Marie-France s'approche tout sourire auprès des enfants, elle leur demande leur nom, leur âge, leur niveau scolaire. Le père leur ordonne de ne pas répondre et les serre contre lui comme si nous avions voulu leur faire du mal. Il semble si jeune qu'il pourrait être leur grand frère.

« On se rassure. On se dit qu'avec le temps, avec la scolarisation des enfants, tout rentrera dans l'ordre. On se dit aussi que ce sont deux élèves facilement gagnés pour l'école. Et c'est la preuve que notre village est attractif pour les familles. On laisse passer deux jours. Et puis nous partons en délégation, Betty, Marie-France, Ludo et moi. Le père nous reçoit sur la route, un vieux balai à la main, interdiction de rentrer. J'expose les aides auxquelles il a droit pour rénover sa maison. Il ricane : il est endetté jusqu'au cou, il n'a plus un euro pour les travaux, il les fera lui-même. Il a déjà vidé les pièces. Un tas de déchets brûle au fond du jardin. Il a posé du film plastique aux fenêtres. Il construit une piscine et des balançoires avec des pneus, pour les enfants. Les gosses nous ignorent. Ils jouent à la balançoire, ils rient. Marie-France les regarde attendrie et le jeune père baisse la garde. Il dit qu'il veut offrir à ses enfants une vraie maison, avec un jardin, loin du « quartier craignos » de Châteauroux où ils ont grandi jusque-là. Il veut les éloigner de « la racaille » (et peut-être de leur mère, mais cela n'a jamais été clair). Il nous dit avec fierté qu'il a un boulot, que c'est un CDI. Il est chauffeur-livreur dans une entreprise de Châteauroux. Les enfants ont quel âge ? Sept ans. Il faudra les inscrire à l'école, dit Marie-France en lui tendant le formulaire. Il dit que non, ses enfants n'iront pas à l'école, qu'ils n'aiment pas l'école. Nous lui expliquons que l'instruction est obligatoire à partir de 6 ans. Il se braque. Betty prévient qu'en cas de refus nous serions dans l'obligation d'alerter la police. Il nous fusille du regard, crache à nos pieds et arrache le formulaire des mains de Marie-France. Il retourne vers sa maison en serrant les poings, appelle ses enfants, claque la porte. Deux jours après, nous relevons dans la boîte aux lettres de la mairie le papier chiffonné mais rempli.

« Il s'appelle Steven Durand. La photocopie du livret de famille nous indique qu'il a 25 ans. Les enfants, Jessica et Dylan, sont nés il y a sept ans à la maternité de Châteauroux. La mère a 24 ans. Elle porte un autre nom. Sa profession et ses coordonnées ne sont pas renseignées. Nous nous sentons totalement dépassés. Betty cherche de l'aide auprès du CIAS. Mais les effectifs d'été sont réduits au service minimum. Ils contactent tout de même le conseil départemental qui les informe que la mère n'a pas de droit de visite auprès de ses enfants sur décision du juge. « C'est du lourd », alerte Betty. Nous nous promettons d'envisager à la rentrée, avec le CIAS, une prise en charge en douceur.

Les jours suivants, les enfants sont seuls. « Papa travaille », nous disent-ils. Ils ne disent rien d'autre. Ils se serrent l'un contre l'autre et nous regardent avec tant de crainte que nous n'insistons pas. Des voisins insomniaques confirment que le père part très tôt avec son camion, vers 4 heures et demi du matin. Qu'il revient le plus souvent dans l'après-midi, mais parfois très tard le soir, après le braiement du Scoubi. Un mois passe ainsi. C'est les vacances scolaires, les enfants sont la plupart du temps livrés à eux-mêmes. Ils ne sortent pas du jardin. De craintifs, ils deviennent provocateurs. Quand l'un de nous s'approche pour leur parler, ils nous ignorent, récitent des listes de gros mots en ricanant. Si le père est là, ils se contentent de l'imiter : ils font comme si nous n'existions pas. Steven est épuisé. Il empile des pierres, fait des tas dans le jardin, déplace les tas, il ne sait pas comment s'y prendre et nous non plus. On se dit une fois de plus que, avec le temps et la scolarisation des enfants, tout s'arrangera.

« Et un soir, environ un mois après leur arrivée, c'est le drame. La baraque prend feu. On n'a jamais su si c'était un accident ou si les enfants avaient volontairement provoqué un incendie. Le père rentre vers 22 heures. Il voit les pompiers, les jumeaux assis sur la route, dans leurs capes en or ignifugées, la maison noire d'où s'échappe encore des volutes de fumée, et il pleure. Les hommes du feu avaient mis plus d'une heure à arriver. C'est Fernand qui les avait appelés. Ludo avait sauvé les gosses des flammes. Marie-France leur avait porté la soupe. Et nous avions tenté de faire une chaîne avec des bassines d'eau. Quand Betty s'approche de Steven avec gentillesse, il la repousse en lui crachant à la figure « tout ça c'est de votre faute ». Il embarque les gamins dans son camion et ils partent. « Bon débarras », disent certains. Betty et Marie-France pleurent. « Il a raison », me murmure Betty, « nous n'avons rien fait ».

- Et moi je débarque dans la foulée, dit Clara doucement.

- On est fin août, tu descends du camion de déménagement. Seule. Cette fois, nous ne nous précipitons pas à ta rencontre. Nous ne comprenons pas ce qui a foiré avec Steven, mais nous nous sentons coupables. Nous attendons un signe de ta part. Un encouragement quelconque. Mais tu ne sors pas de chez toi. Les rares fois où l'on te voit, à la camionnette-épicerie, tu sembles malheureuse comme la pierre. Tu dépéris de jour en jour. On n'ose plus parler de toi, on n'ose plus se regarder, on a honte. On s'engueule, on se renvoie la balle : qui a eu cette idée ? Alice est montrée du doigt. Je la défends, deux camps s'opposent. Le village va imploser. Betty tranche : quelqu'un doit aller te voir, vérifier que tout va bien. Je suis désigné d'office. Je suis le maire, c'est mon rôle. Il est convenu que j'y aille seul, pour ne pas t'effrayer. Betty me fait réviser : « Bonjour, je suis Yan, le maire du village. Excusez-moi de passer à l'improviste. Je viens prendre de vos nouvelles. Avez-vous besoin de quelque chose ?... » Tout cela sonne faux, mais le temps passe et tu n'as toujours pas mis le nez dehors. Alors je me lance.

« Tu me prends de haut, mais j'ai mon info : tu sais encore sourire, tu es bourrée d'énergie et ton compagnon te rejoindra bientôt. Je rassure tout le monde : rien à voir avec Steven. Tu me parles aussi de mon supposé mariage, tu es déjà braquée contre les gens du village alors je me dis qu'il serait malvenu de dire la vérité. Le lendemain matin, tu me fais un signe de la main de ta fenêtre. Je suis touché. Je pense à toi toute la journée. Je débarque chez toi après mes consultations. Tu es radieuse. Je reviens chaque jour, notre rituel du café s'installe. Un jour, je prends le prétexte de réparer ta voiture que tu n'as jamais sortie du garage. Je n'y connais rien (je ne prenais aucun risque : elle marchait, Ludo avait vérifié avant ton arrivée), mais je me dis que ça fait viril. C'est bête, j'ai envie de te séduire. Je te parle de moi, du village... tu t'intéresses. Et puis tu fais un malaise, cela m'inquiète ; je me dis que tu es peut-être enceinte, et curieusement cela m'attriste. Je ne parviens pas à te quitter et j'arrive en retard à la répétition de théâtre. Nous ne répétons pas. La pièce que nous avons choisie n'emballe plus la troupe. La moitié des effectifs est absent. Je rassure ceux qui sont là : certes tu la joues midinette parisienne – qu'ils soient prévenus : c'est assez agaçant - mais c'est une façade. En vérité, tu es curieuse et ouverte sur les autres. Je sens en toi une onde de vie qui va revigorer le village. Non, tu n'es pas déprimée, il te faut juste un peu de temps pour te préparer à ta nouvelle vie. A Betty, je confie que j'ai reconnu en toi le don de soulager le « poan ben ». C'était la première fois que, en faisant le truc de Gwrac'h Elwenn, je ressentais une énergie en retour. Je pensais : « autant la mienne est électrique et directe, autant celle de Clara est tiède et liquide. J'attaque la douleur ; Clara enveloppe les organes vitaux, les protège ». Je me sens comme un torrent qui découvre qu'il a une source. Betty me taquine, elle dit que je suis amoureux. Je m'en défends mais je sais que c'est vrai.

22. *« Chut »*

Stop, pouce, on arrête. Clara fit signe qu'elle voulait prendre l'air. Trop de mensonges, trop de dissimulations, de justifications injustifiables. Et sur ce tas de fumier : la déclaration ésotérique.

Elle s'éloigna de l'arrêt d'autocar. Les prairies brillaient sous les rayons du soleil matinal. Le vent les frôlait en une longue caresse qui s'étalait dans l'infini du paysage. Et ça recommençait, comme une marée verte grimpant à l'assaut des vallons, se perdant dans l'horizon et revenant, plus vigoureuse encore. Les talons de ses bottes s'enfonçaient dans la boue, et Clara aurait voulu elle aussi s'enfoncer dans l'étal vert, disparaître dans la marée. Elle caressa du bout des doigts les herbes délicates, gorgées d'eau, qui brillaient au soleil et dégageaient une odeur de chiotte.

Elle pue ta déclaration, Yan. C'est une ronce, un champignon vénéneux, une ordure de plus. Elle salit, elle griffe. Je te la dégueule à la tronche. Je te la « dégobille », tiens.

Clara se souvint de ce mot enfantin que Yan avait prononcé après son « malaise ». Malaise, tu parles ! Il aurait dû la baiser sans façon à ce moment-là. Ou plutôt elle, pauvre chatte en chaleur, elle aurait dû lui sauter dessus, à la « femen ». Sur le frigo du garage, sur l'évier de pierre de la cuisine, sur la balançoire du jardin : partout il l'aurait caressée de ses mains incroyables ; il l'aurait léchée de sa langue râpeuse, enfin muette. Chaque fois qu'il l'aurait pénétrée, elle aurait senti son corps pris par cette énergie de mâle. Vitale et libératrice. Alors elle aurait tout accepté et tout pardonné, pourvu qu'encore et encore il revienne.

Le « don » ? C'te bonne blague ! Clara haussa les épaules, ricana. Mais le haussement d'épaule était trop rond et le son de sa voix était trop clair. Elle ferma les yeux. Une enveloppe ? Oui, peut-être que c'était ça, ce mouvement sanguin qui se lovait sur lui-même, à cet instant, dans sa cage thoracique. Sa courbe magnifique s'élargissait au fur et à mesure qu'elle en prenait conscience. C'était comme une vague qui s'enroulait, s'enroulait, sans éclater. C'était bon en soi. Tiède effectivement, amical. Le corps de Yan, lui, était lumineux. Des milliers de faisceaux en jaillissaient. Ils s'éteignaient d'eux même, ou traversaient d'autres corps ouverts à eux. La vague de Clara était ouverte. Sans impatience, sans désir. Juste ouverte. Accueillante. La vague se suffisait à elle-même. C'était un don à Clara seule. Il faudrait quand-même savoir, se dit Clara. Savoir ce qui résulterait de l'alliance de sa vague aux faisceaux de Yan. La vivre une fois. Juste pour savoir. Juste une fois. Une dernière folie, avant le retour à Paris.

Yan vit réapparaître à contre-jour la silhouette de Clara. Elle marchait tout à la fois décidée et fragile, tremblante. Elle se posta devant lui, écarta les jambes et prit les mains de Yan qu'elle posa sur le sommet de son crâne.

- Tu ne te sens pas bien ? s'inquiéta-t-il.

- Chut, souffla Clara en léchant sa lèvre blessée.

Le goût du sang, ferreux, terreux, la galvanisa. Il glissa ses mains le long de la chevelure, enveloppant l'extrémité du buste jusqu'aux hanches qui s'ouvrirent davantage encore, offertes, ouvertes, battantes. Elle plaqua son bas-ventre sur son pénis et le secoua. Lève-toi, il est l'heure. Il gonfla timidement d'abord, et se déploya brusquement comme un ballon. Toc toc toc. Il battait au rythme du corps de Clara, impulsant une onde qui la saisit puis se dispersa dans ses chairs. Une autre énergie montait de terre. Une autre, dans ses cheveux, venait du soleil. Elle était le réceptacle de forces désordonnées et magnifiques. Sur ses hanches, les mains de Yan se firent plus précises, ils guidaient les forces, les orientaient, les faisaient explorer le corps de

Clara. Elles vibraient à chaque découverte. Il les conduisait imperceptiblement à la source du désir, au con de Clara, gonflé et ruisselant. Il resta là, perdu, soudain indécis. Elle fit sauter les boutons de son jean, détacha les mains perdues de l'homme toujours accrochées à ses hanches comme à des manettes, et les plongea à la source. Les doigts frétillèrent comme s'ils ne savaient pas nager. Elle pivota doucement, cala la fente de ses fesses contre le pénis de Yan, et offrit aux doigts une nouvelle étendue liquide. Ils y plongèrent, provoquant des remous de la surface jusqu'aux fonds volumineux. Ils s'adoucirent, se délectèrent de la douceur de chaque cavité, fouillaient les anfractuosités, remontaient à la surface des pépites palpitantes comme des petits cœurs arrachés, et replongeaient, plus précisément, en terres déjà moins vierges, osaient des bosses inédites qui s'éveillaient de surprise. Ils s'abandonnaient aux clapotis, en surface, et replongeaient attirés par l'onde, emportés vers la faille par la tornade marine, vers le gouffre, l'abîme d'où jaillit la source dans un long cri.

Elle a pleuré. Il a posé sa joue sur ses cheveux et il pleurait aussi. Il s'apprêtait à glisser sa main hors du jean. « Non, laisse », dit Clara.

-       Laisse-la, et continue l'histoire.

-       Je t'aime, murmura-t-il. Non, c'est plus que ça.

-       Continue l'histoire, comme ça, ta main dans ma chatte. Je ne veux pas te voir.

Leurs deux corps étaient toujours collés. Celui de Yan épousait le dos de Clara. Ils tanguaient un peu. Il posa sa main libre sur la hanche de la jeune femme, l'autre se voulait caressante. Clara gémit doucement mais dit « ne la bouge pas, continue l'histoire. Je veux absolument tout savoir ».

-       Le lendemain matin, je te vois perdue sur la place du village. Je te trouve émouvante sous ton grand parapluie.

-       Les faits, Yan, les faits, ordonna-elle dans un murmure qui sonnait comme une plainte.

-       Tu es maquillée et j'ai le fol espoir que c'est pour moi, poursuivit-il la caresse rebelle. Je te présente aux parents de l'école et je suis fier que tu sois si belle. Ludo te chambre, Betty te défend. En une seconde vous devenez amies. Vous prenez un café. En sortant de chez toi, Betty m'appelle et exige que je te dise la vérité sur la mascarade de mariage. Je promets mais je n'en ferai rien. Elle dit aussi qu'elle pense que je te plais. Je n'ose y croire.

La main pressa légèrement sur les lèvres de Clara comme pour demander une confirmation. Elles s'entrouvrirent, semblant répondre « oui ». « Oui, tu me plaisais déjà ».

-       Pendant que je parle avec Betty, Alice et Matis déjeunent chez toi. Alice me racontera que tu es une fille extraordinaire, que ton chat a éveillé quelque chose en Matis. Alice est pleine d'espoir, mais paniquée, et jalouse d'une marque d'attention que Matis t'aurait portée.

« Une heure après, elle m'envoie un texto : elle s'est encore échappée dans la nuit et cette fois elle a envoyé Matis chez toi. Je le trouve devant ta cheminée, avec le chat. Je suis ébloui par la quiétude de ton salon. Tu es douce. Douce comme ton sexe, là. Je suis troublé. Peut-être : je sais que cet instant viendra, j'en suis émerveillé. J'ai envie de rester. J'ai envie de vivre avec toi, de vieillir près de toi. Les frasques d'Alice me pèsent plus lourd que jamais. Mais je me sens responsable d'elle. Tu sens tout ça : que je vais flancher, que je suis capable de la laisser pourrir dans les bois. Tu prends les choses en main et nous partons à sa recherche. Tu as compris quelque chose d'Alice qui m'échappait. Je réalise combien ta sensibilité est belle, généreuse, courageuse aussi.

Les doigts de l'homme caressaient maintenant les poils de son pubis comme ils auraient caressé la fourrure d'un félin assoupi. Ils ne se regardaient toujours pas.

-       Nous trouvons Alice, je la ramène chez elle. Je sors le trousseau de clé que j'utilise chaque matin pour fermer la porte avant d'amener Matis à l'école. Je dois leur faire à manger, les coucher, Alice n'est pas en état. Je lui en veux de me séparer de toi. Le lendemain, j'espère te voir devant l'école mais tu n'y es pas. Betty m'engueule parce que je n'ose pas te parler, ni t'inviter à boire en ville ou au restau. Ce plan me semble minable. Je réfléchis toute la journée à une autre option qui te rapprocherait de moi. Je te propose de venir au conseil municipal. Tu hésites et finalement tu viens. Nous prévoyons de nous retrouver chez toi après, mais nous sommes entraînés sur le rond-point. C'est un moment d'espoir formidable, encore une fois tu m'impressionnes par ta sensibilité. Mais je ne suis pas le seul : Ludo te cherche, tu lui accordes des danses et un baiser, il me nargue, il sait que tu me plais aussi. Et il y a autre chose : des gilets jaunes ont reconnu en toi la parisienne piégée le jour du faux mariage, je crains chaque minute que quelqu'un ne lâche le morceau. Quand Betty exprime l'envie de partir, j'insiste pour que tu la raccompagnes. Je respire un peu. Et puis hier, à la fin du conseil municipal, Ludo me provoque, nous nous battons. Je rentre dans ma chambre de vieux garçon, chez Marie-France qui m'attend et me soigne. Betty me téléphone, elle sent que tu vas quitter le village. Nous passons une partie de la nuit, elle à essayer de me convaincre de tout te dire, moi à lui répondre qu'il est trop tard. Au petit matin, elle dit vouloir m'emmener à l'hôpital pour faire analyser mes blessures. Elle me jette à cet arrêt d'autocar désaffecté. J'ai pensé fuir encore. Je n'en avais plus la force. Et tu es arrivée.

Ils s'étaient détachés en silence. Yan était resté dans l'ombre de l'arrêt d'autocar ; Clara était dans la lumière, juste de l'autre côté de la frontière. Elle lui tournait toujours le dos quand, d'une voix limpide, elle parla enfin. « Tu avais déjà donné ça à une femme ? » Elle n'attendit pas la réponse et grimpa dans la voiture.

Ils venaient de quitter les paysages agricoles, quand il dit : « Non, jamais ». En garant la voiture sur le parking de la gare, il tourna la tête vers son visage (ils ne s'étaient toujours pas regardés depuis qu'elle avait déclenché son désir, c'était il y a une heure, un siècle) : « c'est parce que je t'aime ». Elle le regarda sans frémir, sans émotion semblait-il. Elle constata : « tu m'as amenée à la gare ». Il regarda à son tour l'extérieur et s'étonna : « ah oui, je t'ai amenée à la gare ». Ils sourirent. « Quand-même, si on ne se revoyait jamais, il faudrait savoir », dit Clara. Il redémarra la voiture et s'enfonça dans le parking souterrain.

Quand ils ressortirent, on pouvait voir leurs silhouettes derrière le pare-brise, lui tout droit derrière le volant, se laissant observé par elle toute entière tournée vers lui. « C'est donc ça être transfiguré », pensait-elle en scrutant la peau de Yan, et elle touchait émerveillée son propre visage.

Elle monta dans le train de 11h17. Elle s'assit près de la fenêtre. Sur le quai, la silhouette de Yan semblait égarée. Les losanges de son écharpe vibraient dans les courants d'air. Elle remarqua une tache sur la braguette. Elle sourit, attendrie, moqueuse, peut-être fière. Yan vit le sourire, vit les yeux posés sur sa braguette, vit la tache et rabattit dessus un pan de son écharpe. Elle rit. Il fut heureux de la voir rire. Il répéta « je t'aime ». Clara posa un doigt sur ses lèvres, chut Yan, chut, tu m'as trop menti, ça sonne faux, tu n'as pas encore le droit de dire ça.

En miroir de Clara, Yan avait aussi posé son index sur ses lèvres, chut Clara tu as raison, nous sommes allés au bout des mots, ils ne peuvent plus nous aider. Et comme le chef de gare sifflait le départ, la langue de Yan lapa tendrement l'extrême bout de son doigt, et remit en branle le corps de Clara, tandis que le train vrombissait inéluctablement vers Paris.

23. « *La Fugue des fous.* »

Clara s'endormit sitôt le train parti. Elle se réveilla dix ou mille secondes après. Ses deux mois de solitude lui avait au moins permis la rencontre avec un être unique, extraordinaire, à qui elle avait décidé de consacrer dorénavant sa vie pour tenter de le rendre heureux : elle-même. Elle abandonna son esprit et son corps à cette certitude et pénétra apaisée dans une somnolence bienheureuse. Plus rien de grave ne pourrait désormais lui arriver.

Son portable vibra. Un texto de Flo.

Flo – « Comment vas-tu belle des champs ? – émoticône inquiet »

A Flo – « émoticône animé d'une pâquerette qui s'ouvre »

Flo – « Prends le train. Viens ce soir à mon dîner. Ce sera festif – émoticône flûte de champagne »

Christelle – « Ce soir chez Flo ? – émoticône flûte de champagne – S'il le faut je viens te chercher dans ton trou ! – émoticône bisou »

A Flo - « yoraki ? »

Flo - « Nico et Mat, Ugo, Christ et son invité surprise – émoticône interrogatif »

Yan – « Toi tu avais déjà joui comme ça ? »

A Yan – « Non »

Ugo – Dsl mon amour – émoticône bisou - vais pas pouvoir t'apl ce soir – émoticône larme - Charrette – émoticône goutte de sueur. »

Ugo – Sinon, tu as reçu mon Kdo ? – émoticônes poussin-poule-poussin.

A Flo – « Ugo ????? »

Flo – « Sa te gêne ????? Tu voulais nous présenter Yeux de Jade ? – émoticône clin d'œil »

Yan – « C'était beau »

A Flo – « Oui »

A Yan – « Oui »

Flo – « Hein !???!!! Tu as jeté Ugo ? ça se fête – 4 émoticônes flûtes de champagne »

A Flo – « Erreur de destinataire – émoticône mains jointes – envie d'être seule. Dsl. »

Yan – « Tu sais pourquoi ? »

A Yan – « Ne dis plus le mot »

Yan – « C'est encore plus que le mot que tu m'imposes de te taire »

A Yan – « Chut »

Yan – « Chut »

Clara jeta son portable sur la tablette. Qu'est-ce qu'elle foutait dans ce train ? Elle y serait bien pourtant, si elle était sûre qu'il ne s'arrête jamais. S'il faisait le tour de la terre indéfiniment. Elle verrait Yan sur le quai, losanges aux vents, les zones industrielles de la périphérie francilienne, la Tour Eiffel, le Mur de Berlin, la grande Muraille de Chine, le désert des Tartares, le Lac Léman, Yan sur le quai, zones industrielles, Tour Eiffel… Une voix synthétique annonça l'arrivée en gare de Limoges, terminus. « La correspondance pour Paris-Austerlitz est annoncée avec un retard indéterminé ».

Elle avait temporairement oublié son désir de Yan. Mais il était toujours battant, comme une excroissance à son corps avec laquelle elle devrait désormais vivre.

Elle pourrait conserver sa maison au village, y rejoindre Yan en prétextant à son mari des déplacements professionnels à l'autre bout du monde. Yan viendrait la chercher à la gare de Châteauroux, avec la 4L, il aurait laissé le garage ouvert et ils y pénètreraient comme des voleurs. Les rideaux seraient clos. Le feu de cheminée crépiterait dans le salon. A la lumière des flammes : des bouteilles dans des seaux à glace, des plats à manger avec les doigts, sur des tapis et des coussins de soie pourpre... Il la ramènerait à la gare au petit matin, le corps endolori, le sexe en feu. Elle emporterait dans ses bagages, pour ses petits déjeuners parisiens, le pot de confiture de prune à demi entamé dans des jeux érotiques. Voilà le fantasme qu'elle convoquerait pour éclairer le reste de sa vie.

Derrière la vitre, émergeant de son écrin de brume urbaine : la pointe du campanile de la gare de Limoges. A la descente du train, Clara fut surprise du bonheur qui lui sauta au visage alors qu'elle se fondait dans la foule. Une belle petite foule, se dit-elle, avec des gens de toutes les couleurs, de toutes les tailles, de toutes les conditions sociales. Oui, si elle faisait abstraction des militaires avec leurs famas en bandoulière et des SDF en errance, cette foule urbaine lui avait manqué.

Elle fit claquer les talons de ses bottes jusqu'au buffet de la gare – elle avait faim, elle avait du temps. Son pas s'ajusta au rythme d'un air inconnu de guitare accompagné d'une voix masculine fêlée et mystérieuse. La chanson était mélancolique comme un fado, tonique comme un rock.

« ... une femme aux cheveux de sorcière,

un enfant aux yeux de la mer,

et mon rêve de liberté.

Mon rêve de voyage en solitaire :

une misère célibataire.

De te savoir, ma bien aimée,

peigner chaque matin le brasier de ta colère,

et préparer le goûter de notre gars,

me tient chaud, me tient de bonheur.

Vous vivez !

Là-bas. »

Les yeux bleus de l'homme étaient en voyage au-delà des badauds. Il était parti trop loin pour faire pitié. On pouvait le regarder. Il était maigre, il avait les cheveux longs. Son auriculaire gauche portait un doigt de bois.

Clara passa et repassa, de plus en plus lentement, devant lui. Sa chanson était finie. Il avait lâché sa guitare. Il suivait la jeune fille du regard. Elle s'arrêta face à lui, tendit un billet de cinq euros. « Vous m'invitez à boire un café ? » Il mit une éternité à ranger le billet dans sa poche. Il observa Clara un temps si long qu'elle douta qu'il l'invitât. Il s'installa enfin à la terrasse du buffet de la gare et lui fit signe de le rejoindre d'un geste révérencieux.

Cette fille portait en elle quelque chose de familier. Il cherchait dans son visage une piste, un souvenir. Il était sur la défensive ; elle lui opposait une sérénité troublante. Son regard retomba sur les manches de son pull qui dépassaient du blouson. Une maille à l'endroit, une maille à l'envers, il remontait au visage de la jeune fille et redescendait bredouille dans les boucles de laine.

« Elle n'est plus en colère », murmura Clara. Il plissa les yeux, s'affola, tenta de ne pas comprendre. « La femme aux cheveux de sorcière n'est plus en colère », insista Clara. Le garçon prit la commande. Iggy fit le geste de se lever. « Elle ne t'a pas oublié, elle ne peut pas t'oublier. Elle dit que Myleo porte tes yeux bleus sur chaque chose qu'il regarde ». Iggy tendit le visage vers Clara, comme on apprécie un petit vent frais lorsque la chaleur est accablante, puis il se raidit. « Betty ne t'attend pas, peut-être ne t'aime-t-elle plus, elle vit le temps présent et regarde l'avenir dans les yeux de votre fils ». Elle chantonna : « J'aime les brigands, les preneurs d'otages, amoureusement... » Il la coupa : « Qui es-tu ? »

-       Clara, 32 ans, avocate parisienne arrivée au village il y a deux mois. Je louais la maison des anglais à la municipalité. Je suis partie ce matin pour revenir définitivement à Paris.

-       Les anglais sont partis ?

-       Oui, depuis plus d'un an.

-       Tu vas rater ton train.

-       Ça me va. J'ai envie de rester un peu en transit. Et toi ?

-       En transit depuis trois ans. Ici depuis neuf jours.

-       C'est long, dit Clara.

-       En revanche, le train pour Garanzon démarre dans six minutes.

-       Tu connais tous les horaires par cœur ?

-       Oui, tous les horaires de la France entière, de tous les trains qui mènent à Garanzon.

Un regard et ils se levèrent d'un bond, bousculèrent tout sur leur passage et sautèrent dans le train en marche. Quand la porte se referma derrière eux, ils étaient aussi essoufflés que surpris. Clara tenta de rire, mais le cœur n'y était pas.

Ils s'installèrent dans un compartiment vide, face à face, chacun sur sa banquette. Iggy sortit la guitare de sa housse. Clara s'allongea en chien de fusil, les mains blotties entre son oreille et la banquette. Elle le regardait. Elle était fascinée de le voir là. Le grand Amour de Betty. De retour au village. Elle était son escorte, ou il était la sienne.

Lui, évitait son regard, grattait sa guitare.

-       Ta musique sent la peur, dit Clara. Laisse-moi faire.

Elle posa ses mains sur les éclisses de l'instrument. Le son changea en effet. Plus rond, plus lancinant, envoûtant. Iggy jouait et rejouait la même mélodie, avec des variations imperceptibles. Clara la reprit en canon, dégagea ses mains de la guitare, se rallongea sur la banquette. Elle chantait faux, mais Iggy s'en fichait. Il enchaînait d'une voix plus chuchotée. Le wagon tanguait. On pouvait croire qu'il ne s'arrêterait jamais de tanguer, ni eux de chanter.

Ils chantèrent de nouveau, le long de la route départementale, en faisant du stop. Iggy avait trouvé un titre : « La Fugue des fous ». Il disait que les paroles se bousculaient dans sa tête, qu'il avait des tas de paroles dans la tête, que c'était un vrai bazar là-dedans et que c'était pour ça qu'il ne trouvait jamais les bons mots pour parler.

Les voitures passaient sans s'arrêter. Pas grave. Clara appréciait de marcher le long de la route sinueuse qui traversait des champs à perte de vue. De toute part, des carrés de verdure, des triangles de terres brutes. Elle ne voulait pas savoir le nombre de kilomètres ni le temps qu'il leur faudrait pour atteindre le village. Dans ce no man-s-land agricole, les distances n'existaient pas, la destination était floue. Peut-être n'arriveraient-ils jamais ? Cette pensée la rassurait.

Et puis une voiture s'arrêta, loin devant.

24. *« Je peux faire un selfie avec vous,*
pour envoyer à mes copines de Paris ? »

C'était une toute petite voiture. S'était-elle arrêtée pour eux ? Dans le doute, ils ne se pressèrent pas. La voiture recula en trombe dans une brume de poussière. Une mini country bleu électrique. La marque qu'ils avaient louée, Ugo et elle, quatre mois plus tôt pour venir au vide-grenier.

Deux blondes en escarpins en sortirent et déboulèrent dans les bras de Clara. Elles l'enlacèrent, lui baisaient le visage et les cheveux, criaient de joie.

Iggy s'adossa à un arbre. Sa « Fugue des fous » se fit blues.

-        L'homme aux yeux de Jade ? frémit la plus grande.

-        Iggy, rectifia Clara totalement abasourdie. Mon compagnon de voyage. Iggy, voici Christelle et Flo, marmonna-t-elle. Qu'est-ce que vous faites là ?

Iggy répondit par un accord de guitare, les filles par un hochement de tête suspicieux. Mais elles se détournèrent vite du musicien.

- J'adore comment tu as laissé épaissir tes sourcils et couper ta frange presque sur tes yeux, dit Christelle en disposant les mèches de Clara sur son front. Tu as un regard doux et torride. Et une mine ! Tu as une peau rose de petite fille coquine, ajouta-t-elle en lui pinçant la joue.

- Tu as fait quoi à tes cheveux ? dit Flo en sautillant. Ils ont de jolies ondulations...

- Je... je suis partie vite ce matin, je ne les ai pas lissés, bafouilla Clara.

- Tu veux dire qu'ils ont séché comme ça ? A l'air de la campagne ? dit Christelle en écartant les bras. Comme les draps blancs sur les fils à linge des jardins !

- Et tu as un nouveau parfum, mmmh, j'adore, dit Flo en lui humant le cou. C'est Dior ?

- C'est âcre, un peu vulgaire, mais absolument excitant, décréta Christelle.

- Ce doit être le feu de cheminée... répondit Clara.

- Et qu'il est meugnon ce petit bidou, marmonna Christelle en lui tâtant le ventre. T'as pris quoi ? Trois-quatre kilos ? Une taille de bonnet ? Ça te va trop bien ! Super l'idée de mettre un soutien-gorge une taille en dessous, j'adore le petit bourrelet qui déborde, c'est très féminin : à la fois un appel au désir, à la fois terriblement maternel.

-        Bon, vous avez fini ? s'énervera Clara. J'ai l'impression d'être une vache de jury. Vous allez enfin me dire ce que vous faites là ?

-        Nous étions inquiètes, lâcha Christelle. Tes derniers textos étaient bizarres. Et puis d'un seul coup… plus rien.

-        J'ai merdé, dit Flo. Je m'excuse. Ugo a décliné mon dîner ce soir parce qu'il est charrette, il est clean. Je t'ai dit le contraire parce que je voulais que tu croies qu'il t'avait menti. Alors quand tu as fait la morte, bah…

-        Tu semblais si mal au téléphone ces derniers temps, ajouta Christelle. On a cru…

-        On a planté nos tafs, on a foncé chez Avis et…

-        … et on a aussi foncé sur l'autoroute…

-        … et nous voilà.

« Vous êtes adorables », souffla Clara en les prenant dans ses bras. Iggy accompagnait les embrassades à la guitare. Une voiture de gendarmerie arriva en sens inverse, ralentit, s'arrêta.

Alors que le gendarme examinait le contrat de location, Flo attrapa son képi à la volée. Elle le posa de travers sur sa tête et arrangea sa frange dans le rétroviseur.

-        Je peux faire un selfie avec vous ? minauda-t-elle. Pour envoyer à mes copines de Paris...

Le gendarme prit la pause une fesse sur le capot de la mini, un pied sur le pare-chocs. Flo se blottit contre lui, avança sa bouche en cul de poule et adopta un air ingénu putassier. Clic. Il était ravi. Elle enregistra son 06. Il déclara que « conduire sans permis est un délit punissable d'un an d'emprisonnement et de 15.000 euros d'amende », et les laissa partir.

-        Trop cool le keuf ! commenta Christelle en prenant place derrière le volant.

Dans la voiture, Christelle et Flo se repassèrent la scène indéfiniment, en éclatant de rire chaque fois. En dépassant le panneau signalant l'entrée du village, Clara se revit quelques heures auparavant quittant les lieux dans le bolide de Betty. Elle se sentait étrangère à cette Clara-là. Elle n'avait ni le même passé, ni le même futur. Elle devinait qu'Iggy revivait son propre flash-back : son départ, au petit matin, à pied, guitare à l'épaule, il y avait trois ans de cela. La gorge nouée, elle chantonna la Fugue des fous, il enchaîna. A l'avant, les filles se regardaient en grimaçant mais au moins se taisaient-elles enfin.

Sur la place du village, la camionnette-épicerie était garée, l'auvent rabaissé. « Étrange », dit Clara.

\- On est le troisième lundi du mois, c'est le jour de livraison du vin de L'Ermite, expliqua Iggy avant de se décider à ouvrir la portière de la voiture. C'est fou, rien n'a changé.

Il souriait. C'était la première fois que Clara voyait Iggy sourire. Le sourire du vieux marin au long court qui revenait au port, juste avant de s'inquiéter de l'accueil que sa famille lui réserverait.

La tête de Ludo apparut derrière la carrosserie du camion-épicerie. Un pansement sur la tempe cachait mal une méchante estafilade.

\- Salut Iggy, tu tombes bien, dit Ludo comme s'ils s'étaient quittés la veille. Je dois monter les caisses à L'Ermite. Tu peux me donner un coup de main ?

Son regard s'assombrit imperceptiblement quand Clara s'approcha de lui. Il s'illumina dans la seconde suivante lorsqu'il vit débouler Christelle et Flo, tout en sourire malgré leur difficulté à concilier talons hauts et gravillons.

\- Hey, salut les girls ! Vous êtes des copines de Clara ? Ça vous dirait une balade en 4x4 ?

\- Chouette, un safari rural ! s'enthousiasma illico Flo.

- Faut d'abord qu'on se change, minauda Christelle en exhibant la pointe de ses escarpins.

- Vous avez dix minutes ! ordonna Ludo. Et n'oubliez-pas les polaires.

- Plutôt mourir de froid que porter une polaire, déclara Flo à l'oreille de Christelle.

- Je vais rester là, dit Iggy en s'asseyant sur le bord de la fontaine.

Devant la porte de sa maison, Clara hésita. Elle fit rentrer ses amies, leur indiqua la chambre à l'étage, puis retourna sur ses pas. « Ludo, je voulais te dire que j'ai parlé avec Yan ce matin. Je suis au courant de l'arnaque, pomme Z, n'en parlons plus. Et aussi que j'aime cet homme au-delà du raisonnable. Et que sinon, j'ai un service très délicat à te demander. Et il ne faudra le dire à personne, même pas à lui… »

25. *« Je l'imagine grand, maigre,*

la barbe longue emmêlée de poils de chèvre,

une odeur de bouc... »

Clara rejoignit ses amies qui avaient sorti presque tous les vêtements du placard et les essayaient les uns après les autres en prenant la pose devant la glace. Alice avait bien fait les choses. Il y avait, empilés sur les étagères, des tabliers et des blouses à fleurs, des bleus de travail indigos, des treillis (dont un très surprenant aux motifs « fougères et glands »), des chemises à carreaux de bûcheron, un gilet de peau avec des franges et des clous ... Et bien sûr, les pulls d'Anaïs, les grosses chaussettes, les châles...

- Ta garde-robe est splendide, s'émerveilla Christelle.

- C'est donc ça ton secret : tu es mandatée par un grand couturier pour inspirer sa prochaine collection ! s'écria Flo. Et tu écumes les fermes depuis deux mois à la recherche de tous ces petits trésors authentiques de notre patrimoine national.

-        Tout était là avant mon arrivée, sourit Clara. Pour tout vous dire, à part les pulls, je découvre avec vous. Je crois qu'en bas, dans le garage, il y a des sabots, des bottes en caoutchouc et des manteaux.

Clara s'était postée derrière la fenêtre. Un œil sur les pin-up, un œil sur la place du village. A la fontaine, Betty avait rejoint Iggy. Elle était assise contre lui, la tête posée sur son épaule. Elle avait dû laisser en plan ses petits vieux. C'était l'heure de La Nette, la mère de Ludo. Ludo avait dû rentrer chez lui et lancer à la cantonade, l'air de rien, qu'il avait un outil à prendre dans la grange pour rendre un service à Clara et que... tiens, c'est drôle, il avait croisé Iggy avec elle sur la place. Betty s'était défendue de courir à lui, elle avait marché comme une reine à la fontaine, s'était assise sans un reproche, comme si c'était là que chaque jour ils se donnaient rendez-vous. Mon dieu qu'ils étaient beaux.

Pour la première fois, Clara se voyait vivre ici. Vivre pour de vrai : retrouver les parents le matin devant l'école, boire des cafés avec Betty, installer des tables et des chaises façon bistrot devant sa maison, en faire une maison ouverte où chacun s'y sentirait bien, participer à la vie scolaire, apprendre à conduire sur les routes de campagne avec Ludo en riant à ses blagues, sortir la 4L du garage pour aller seule en ville, installer un vrai bureau à l'étage avec vue sur le jardin, y travailler ses dossiers de défense des ouvriers et des animaux de batterie, jardiner, faire la cuisine, faire du théâtre, organiser des pique-niques géants avec Alice sur le chantier de l'éco-quartier, préparer l'arrivée des nouveaux habitants… Et voir Yan tous les jours, en public et dans l'intimité, vivre près de lui : ça, elle ne pouvait pas se l'imaginer. Quand elle essayait, un tourbillon de désir et de joie lui aspirait les synapses. C'était le vide. Le même vide, sans doute, que celui qui suit le saut de la falaise.

-       Bon, il est où l'homme aux yeux de Jade ? demanda Flo en inspectant sous le lit.

Flo avait enfilé le gilet en cuir de cow-boy. Deux nattes jaunes pendouillaient de part et d'autre de ses épaules. Christelle, qui ajustait les mèches folles de son chignon devant la coiffeuse, guettait dans le miroir la réponse de Clara.

-       Il travaille, dit-elle le regard toujours tourné de l'autre-côté de la fenêtre.

-       Raconte ! dit Flo en s'installant en tailleur sur la couette.

-       Il s'appelle… Yan.

« Il est généreux, gilet jaune, intelligent, impétueux, susceptible, menteur, lâche ; il a vu en moi de belles choses, il baise comme un dieu et son corps dégage un truc de dingue », pensa Clara, mais elle se tut. Que Christelle et Flo pourraient comprendre de la bonté de Yan ? Comment la raconter sans la dénaturer ?

En bas, Ludo traversait la place. Il avait revêtu une combinaison de travail et des bottes. Il portait une fourche dans une main, une caisse pliée dans l'autre. Il salua, en passant, le couple de la fontaine.

- Il était une fois, encouragea Christelle en bondissant sur le lit, une jeune et brillante avocate parisienne qui décida de s'installer à la campagne avec son chat…

- … et son nabot de mec… précisa Flo.

- … Elle avait le seum 24/24 mais racontait des bobards à ses adorables amies pour leur faire croire qu'elle était heureuse…

- … mais les amies n'ont jamais été dupes…

- Ah bon ? s'étonna Clara.

- Pas dupes du tout, affirma Flo en entraînant Clara sur le lit avec elles.

- … Un jour, un homme sonna à sa porte… poursuivit Christelle.

- … « bonjour mademoiselle, je m'appelle Yan, depuis que je vous ai vue acheter des œufs à la camionnette, j'en mange trois fois par jour, mon taux de cholestérol a bondi et je rêve de vous toutes les nuits »...

-       A ces mots, la jeune et brillante avocate parisienne se jeta dans les bras velus du garçon vacher…

-       … Il lui arracha avec les dents son jogging troué, déclama Flo en exhibant la fripe d'un air dégoûté, et la prit en levrette sur le canapé…

-       Top ! supplia Clara qui étouffait de rire.

-       Quoi ? C'est le garçon vacher qui te gêne ? s'excusa Flo. Je me suis un peu laissé aller, j'avoue. Yan n'est pas garçon vacher ?

-       Il est kiné, dit Clara en se mordant le pouce. Et maire aussi.

-       Quoi ? C'est le maire du village ! s'excita Flo.

-       Je savais que ça te plairait, rougit Clara.

-       Alors la levrette, ça colle pas non plus, se désola Christelle en tapant dans un oreiller. On a tout faux…

-       Le jogg' non plus. Désolée les filles mais, quand Yan a toqué à ma porte la première fois, je venais de discuter avec toi au téléphone alors forcément, j'étais un peu sapée.

-       Forcément ! convint Christelle. Des fois que je t'aurais vue à travers les ondes du smartphone…

-       Il fallait que j'endosse mon costume de scène, tu comprends ?

-       Pas vraiment, dit Christelle. Continue.

-       Avec Yan, je l'ai joué : parisienne effarouchée par la vie à la campagne. Vous voyez le genre.

-       Tout à fait, déclara Flo en battant des paupières.

-       Tu devais être adorable…

-       Sauf que ça n'a pas marché. Tout sonnait faux. Ça faisait deux mois que je n'avais pas révisé mon texte. J'étais ramollie. On peut dire qu'il s'est carrément foutu de ma gueule. C'est là que, Flo, tu as appelé…

-       … Christelle venait de me dire qu'elle était inquiète pour toi. On comptait t'attirer à Paris pour te cuisiner. On avait même émis l'hypothèse de descendre dans ton patelin un week-end, c'est dire !

-       Finalement, il n'y a qu'Ugo qui n'a rien vu, soupira Clara.

-       On s'en fout d'Ugo. Continue.

-       Yan est revenu chercher l'écharpe qu'il avait oubliée chez moi. Changement de tactique : il a fait son mielleux qui venait offrir son aide pour m'intégrer au village, je l'ai pris de haut, il m'a traitée d'orgueilleuse, bref, on s'est engueulé. Je crois que c'est à partir de là que je me suis mise à douter de mon installation ici.

- Si tard ? s'étonna Christelle.

- J'avais été en mode veille pendant deux mois, les filles. Je ne me remettais en marche que pour assurer les mensonges au téléphone avec vous et Ugo. Sinon, je me suis goinfrée de chamallows©, allongée toute la journée en jogg', effectivement, dans le canap' à m'abrutir de sudokus. Je faisais ça très bien, très posay : avec un plaid en cachemire sur les genoux et les cheveux toujours propres, rigola Clara. Une petite larme de temps en temps, mais jamais assez pour avoir les yeux bouffis.

- Ton côté « control freak » m'a toujours fasciné, dit Christelle très sérieusement.

- En vrai je ne contrôlais plus rien. J'étais en flottaison, sans existence. J'étais devenue sensible à des trucs de dingue : les vents, les cloches de l'église, les craquements du plancher, le braiement d'un âne… C'était ça ma vie.

- Ma pauvre… dit Christelle.

- Non, sourit Clara. Je ne regrette rien. J'étais dans un cocon.

- Et la chrysalide se transforma en papillon… déclama Flo. Bon, quand est-ce que tu l'as ken ?

-       Laisse-la parler. Je sens qu'on y vient.

Un coup de klaxon retentit depuis la place du village.

-       Ludo s'impatiente, chantonna Clara en s'échappant dans l'escalier.

Elle leur balança des bottes de pluie qui, effectivement, étaient bien rangées dans un placard du garage, sous le porte-manteau où les filles trouvèrent leur bonheur. Christelle remonta changer son pantalon parce que « avec ces grôles de pecno, le treillis finalement ça boudine ». Flo en profita pour refaire ses nattes dans le reflet de la vitre de la porte-fenêtre du jardin. « Je vais encore avoir des remarques sur mon jardin en friche », râla Clara intérieurement.

-       Tiens, tu as adopté la gestion raisonnée, constata son amie avec au contraire un sifflement d'admiration. Je te félicite, ajouta-t-elle sans aucune ironie. C'est très bon pour la biodiversité de ton jardin.

Les trois filles finirent par rejoindre Ludo qui s'impatientait maintenant à grands coups de klaxon, alertant ainsi tout le canton de son joli chargement. Il avait remplacé sa combi par une chemise noire slim-fit qui tirait juste ce qu'il fallait les boutonnières au niveau des pec'. Clara s'abstint de le taquiner.

-       Ce soir, c'est pique-nique chez l'Ermite, annonça-t-il. Poulets à la broche, patates à la braise, vin et fromage de chèvre. Yan va nous rejoindre après sa tournée. Et peut-être Betty et Iggy, mais ce n'est pas sûr. Hé hé.

- J'ai du champagne et des petites choses, dans le coffre de la voiture, proposa Flo. J'avais prévu un dîner entre amis ce soir chez moi, mais il a été annulé.

Pendant que Ludo chargeait les boîtes isothermes de Flo dans son coffre, Christelle s'extasiait sur les roues de l'engin.

- C'est naturel, cette boue ? demanda-t-elle. Et comme Ludo la regardait avec inquiétude, elle expliqua : des copains parisiens achètent de la boue en spray sur internet pour leur 4x4. Ils en mettent sur les roues et sur le pare-chocs. Il paraît que, depuis, ils ont moins de rayures sur les portières. Ils disent que ça calme les écolos à vélos. Ils débordent aussi sur la plaque d'immatriculation pour ne pas se faire repérer par les radars.

- Malin, commenta finalement Ludo dans un hochement de tête dubitatif.

Clara décrocha une plume de la manche de sa veste. « Merci, Ludo ».

- Merci à toi, gallinophobe. On a de quoi faire ripaille ce soir. Au champagne en plus ! Tes copines sont incroyables.

\-   Pire que Mademoiselle Clara ?

\-   On s'est réconcilié par texto, dit Ludo en touchant sa blessure à la tempe.

\-   Vive la couverture mobile du territoire, sourit Clara.

Ludo conduisait vite. Il insistait dans les bosses et les virages, histoire de balloter les filles et les faire crier. En même temps, il commentait le paysage façon guide touristique.

\-   C'est un vrai ermite qu'on va visiter ? interrogea Flo.

\-   Un vrai de vrai. Pas d'eau courante, pas d'électricité, pas de téléphone, pas de femme. Il s'éclaire à la chandelle. Il dort au milieu de ses chèvres. Il se nourrit exclusivement de son fromage et de vin. On lui en livre six caisses tous les quinze jours.

\-   Il se lave à la rivière ? s'inquiéta Christelle.

\-   Je ne crois pas qu'il se lave beaucoup, rit Ludo. Faudra repérer le sens du vent en arrivant.

\-   Il a toujours vécu là ? demanda Flo.

\-   C'est un professeur d'économie à la retraite. Un grand professeur d'université ! On raconte qu'il a conseillé Mitterrand en 81 et qu'il s'est fait salement jeter de l'Elysée l'année d'après.

-       Il s'appelle comment ? demanda Flo qui avait fait Sciences Po.

-       Ici, on l'appelle L'Ermite de La Péducalbutte. C'est un noble, mesdemoiselles. Il vit reclus dans le château familial.

-       Après s'être fait jeter par Mitterrand ?

-       Non, après s'être fait jeter par une gonzesse.

-       So romantic, glapit Christelle. Je l'imagine grand, maigre, la barbe longue emmêlée de poils de chèvre, une odeur de bouc, assis en tailleur sur une peau de bête, débitant de beaux discours philosophiques sur l'amour à la lumière des bougies…

-       Alors tu ne seras pas déçue, dit Ludo en se garant. Maintenant, les filles, on continue à pieds.

La route s'arrêtait effectivement là. Un étroit chemin de terre menait en haut d'une colline où se dressaient les ruines d'un château médiéval. Ludo sortit du coffre une sorte de remorque en kit qu'il entreprit de monter.

-       Un traîneau de père Noël ! s'enflamma Christelle.

-       Un doute m'assaille, grimaça Flo. Où sont les rennes ?

-      Ce sont vous les petites reines, susurra Ludo. Je regrette de ne pas avoir apporté mon fouet, hé hé.

Clara lui fit les gros yeux mais ses copines riaient aux éclats, alors elle laissa passer. Elle ne les avait jamais vues aussi joyeuses, ni aussi curieuses des gens qui ne leur ressemblaient pas. « Elles passent un bon moment », se dit Clara, « moi, cela pourrait être ma vie ». Et puis elle pensa, en regardant les ruines du château, « c'est long, la vie, qui sait qui je serai dans dix ans ? »

26. « *L'Ermite est keynésien.* »

-        Ah ! s'effraya l'Ermite en voyant arriver l'attelage féminin. Le choc de l'offre !

-        Du calme, monseigneur de La Péducalbutte, héla Ludo. J'apporte ripaille et belles dames. Champagne et reines fraîches pour vous distraire.

-        Je vous vois venir, sieur Ludo. Mais vous ne m'aurez pas avec vos « belles dames ». Ma demande affective est nulle, c'est là mon point d'équilibre. Inutile de tenter la relance, ma propension marginale à consommer n'est plus élastique. Ma politique amoureuse tient en une équation : la paix du calbute.

-        L'Ermite est keynésien, s'émerveilla Flo.

-        Keynésien de l'amour... précisa Christelle l'index levé.

Au pied de la forteresse en ruine, trois chèvres suçotaient des pissenlits en guettant les nouveaux-venus derrière leurs longs cils recourbés. La pièce où vivait L'Ermite était attenante à la basse-cour. Elle était aussi grande que le studio parisien de Clara. Les fenêtres laissaient entrer le vent (et sortir les odeurs, c'est pourquoi personne ne s'en plaignit). La cheminée de la salle à manger du château avait été déplacée là, peut-être par L'Ermite, peut-être par l'un de ses ancêtres, ou par un lointain squatteur. Des traces d'armoiries se devinaient sur les linteaux. Ludo vérifia l'installation des broches et raviva le feu. L'Ermite s'assit par terre en tailleur, dos aux flammes, sur une peau de chèvre dont il restait le crâne, les pattes et les sabots.

- Les verres sont dans la machine à laver, près du puits, dit-il les yeux fermés. Les épuisettes sont sur la margelle.

La « machine à laver » était un tonneau d'un mètre cinquante de haut, remplie d'un liquide verdâtre dans lequel flottaient des branches d'orties. Pas fières, les trois filles patouillèrent la gadouille en se jurant que jamais elles ne poseraient leurs lèvres sur un quelconque objet ayant trempé là-dedans. Mais L'Ermite n'avait pas d'herpès et elles avaient envie de bulles.

Flo et Christelle servirent le champagne à L'Ermite qui les invita à s'asseoir toutes deux devant lui. Elles s'exécutèrent en riant, excitées d'entendre sa Parole.

- La pureté et la clarté de vos rires sont de redoutables multiplicateurs d'investissement, belles dames. Mais vous mettriez-vous nues devant moi, à m'enlacer de vos bras tendres, à me susurrer des mots cochons, que je vous rejetterais.

-       Vous trouvez que notre petit « k » est nul ? se plaignit Flo en battant langoureusement des paupières.

-       Hélas, petites fleurs ! Malgré vos investissements massifs, vous ne parviendrez pas à engendrer une hausse de la production du calbute. Non, n'essayez pas ! menaça-t-il tandis que les filles riaient de plus belle.

Ludo avait demandé à Clara de s'occuper des tisons. De là, elle ne pouvait pas voir L'Ermite de face, ni l'ouvrage que Ludo lui avait confié : plumer les poulets. Le vieil homme s'y employait machinalement, sans cesser de parler.

-       Il y a deux vices à l'amour. L'amour est par nature imparfait. Il ne produit jamais le plein emploi des meilleurs sentiments et il n'y a jamais une répartition optimale de la richesse amoureuse. Bien sûr, à court terme, nous pouvons avoir l'illusion de l'équilibre, lors du coït par exemple, ou dans une complicité intellectuelle équitablement partagée. Alors on fait le pari que cela durera toute la vie. Notre instinct premier nous dit que c'est là le bonheur. Et puis, dans la durée, on se rend compte que c'est une illusion. Que l'amour n'est qu'imperfections engendrant chaos et désolations. Il ne peut en être autrement : l'être amoureux n'est jamais rationnel. L'être amoureux est doté, pour sa perte, d'un esprit animal mu par des passions destructrices engendrées par l'amour lui-même : la jalousie, l'envie – la propriété en somme. Il est impulsif, spontané, incapable de rester dans la perfection de l'équilibre atteint furtivement lors du coït. L'être amoureux est effrayé par l'avenir. Il anticipe l'avenir la peur au ventre, car il soupçonne – c'est plus fort que lui – la perte inévitable de son amour présent. C'est à partir de ce moment-là que, toujours, tout part en couille.

- Toujours, vraiment ? demanda Christelle qui avait cessé de rire.

- Toujours, ma jolie. L'amour a un fonctionnement général qui lui est propre et qui repose sur deux croyances. La fin d'un cycle amoureux débouche sur une crise qui donne naissance à un nouveau cycle et ainsi de suite, parce que l'être amoureux croit chaque fois pouvoir atteindre un nouvel équilibre de long terme – première croyance.

- Moi je sais bien que tout amour est voué à l'échec, se vanta Flo en resservant le champagne. C'est pour cela que je fais dans l'accumulation de cycles courts. Je prends, je jouis et je jette avant de tomber amoureuse. Je n'espère rien, je n'ai jamais peur et je ne souffre pas.

-       C'est admirable, la félicita L'Ermite. Mais sache que l'incertitude fonctionne dans les deux sens. Et crois-moi, malgré tous les indicateurs de protection dont tu te dotes, tu ne peux jamais être assurée de ne pas tomber amoureuse. Car - c'est la seconde croyance - tout le monde, même ceux que l'on ne croit animés que par l'appât du gain ou du pouvoir - tout le monde te dis-je ! - est persuadé que sans amour la vie est ratée. J'en ai connu des p'tits coups qui ne devaient durer qu'une nuit et qui se sont transformés en cycles longs minables avec gosses-cleps et monospace. Vous-mêmes les filles, qui vous dit qu'après une nuit torride toutes les deux sur ma couche, vous ne souhaiterez pas vivre là, avec mes chèvres et mon odeur de bouc ? A me dispenser caresses et baisers, me mangeant à genoux dans la main pour obtenir de moi un coup de trique qui vous fera pleurer les étoiles ?

-       Eh Oh, L'Ermite ! intervint Ludo. C'est pas fini ces fantasmes à deux balles ?

-       C'est effectivement tentant, Grand Bouc, sourit Flo. Mais ce ne serait pas rationnel, si nous restions toutes les deux, nous serions jalouses l'une de l'autre à devoir nous partager vos faveurs.

-       Nous nous écharperions, renchérit Christelle qui était joueuse. Nous nous tirerions les cheveux dans des flaques de boue en criant notre désir de vous.

- Nues ? s'affola l'ermite.

- Si tel aurait été votre désir, souffla Christelle.

Elle décrocha une plume de sa barbe et se caressa les lèvres avec.

- Mais grâce à votre enseignement, reprit-elle en lâchant la plume, nous trouverons la force de nous abstenir, pas vrai Flo ?

- Il le faut, approuva Flo. Pour échapper à l'emprise de passions destructrices... Comme tu le vois, L'Ermite, nous sommes des élèves très obéissantes.

- Très bien, balbutia l'ermite en attaquant avec vigueur sa dernière poulette.

Les deux chipies se rassirent face à lui et entreprirent d'enrober d'alu les patates. Le papier argenté projetait des éclats de lumières contre les murs de pierres. L'alcool mouillait les sens. Des plumes voletaient autour du vieux barbu. Derrière sa silhouette invraisemblable, des flammes jaillissaient maintenant au-dessus de sa chevelure. La voix de Clara s'éleva soudain du brasier, telle une pythie de bergerie.

- Tu es sage, Oh l'Ermite, déclama-t-elle, mais tu es triste aussi, L'Ermite, quand tu parles d'amour. Et tu as bu.

-       Il boit tout le temps, gronda Ludo en écho. Le champagne des dames de la ville l'a charmé. Il est amer, L'Ermite.

-       Euh… Clara, Ludo… c'est un peu flippant, là, intervint Christelle.

-       On ne vous voit pas, on a l'impression que ce sont les flammes qui parlent, expliqua Flo pas plus rassurée.

-       Ce sont les flammes qui parlent par ma voix ! tonna Ludo. Vous avez moqué L'Ermite, vous avez moqué l'Amour ! Les flammes sont mécontentes, il leur faut un sacrifice ou une danse rituelle.

-       C'est pas drôle, geint Christelle. En plus L'Ermite vient de s'endormir la tête dans le poulet, c'est dégoutant.

-       Seuls vos charmes parviendront à le réveiller, proclama Ludo. Mais si vous n'y parvenez pas, vous serez condamnées à la paix du calbute éternelle.

-       C'est quoi ce plan, Clara ! s'indigna Christelle au bord de l'hystérie. Une partouze ruralo-gothique ? J'me casse, moi.

-       Il fait nuit, on n'a pas de GPS, pas de wi-fi, je suis sûre que nos portables captent rien et… putain, c'est quoi ce cri ? s'affola Flo.

Les deux filles se collèrent l'une à l'autre. Clara bondit hors de l'âtre pour les serrer dans ses bras.

-       Tout doux, mes belles. C'est un âne qui braie. Pas de panique.

-       On arrête de jouer ? implora Christelle.

-       Tu dois d'abord dire pardon à l'Amour, dit Ludo en surgissant vers elle.

Sa voix était de nouveau chaude et son sourire coquin. La blessure à la tempe et la suie sur ses joues lui donnaient un petit air de warrior protecteur qui, en la circonstance, ne déplut pas à Christelle. Clara s'apprêtait à le houspiller mais Christelle murmura « Pardon, l'Amour » sans se faire prier.

-       Au début, c'était drôle, dit Flo encore un brin en colère. Mais le coup des flammes qui parlent... j'ai vraiment flippé.

-       La peur est provoquée par l'incertitude, dit L'Ermite dans un demi-sommeil. Et la peur engendre les passions. Et les passions mènent au déséquilibre. Notre salut, je vous le dis, réside dans la paix du calbute.

-       Moi, c'est le Champagne qui me déséquilibre, répliqua Ludo en s'affalant tendrement sur Christelle.

-       Au lieu de faire la paix avec son calbute, pourquoi ne pas faire la paix avec l'incertitude ?

proposa Clara en se resservant. J'aime ça, moi, l'incertitude.

-       Mensonge ! répliqua L'Ermite en se réveillant tout à fait. Paix et incertitude sont deux forces opposées. Deux forces IN-COM-PA-TIBLES !

-       Je suis sûre que non, marmonna Clara.

-       Je crois que l'incertitude vient de frapper à la fenêtre, dit Ludo en sortant son nez de la nuque accueillante de Christelle.

Trois petits coups secs avaient effectivement retenti.

Clara sortit seule dans la cour du château. Dans la nuit, froide et humide, elle trouva vite le corps de Yan. Elle en aurait pleuré de le sentir si près d'elle. Elle s'y colla, s'y fondit. Leurs pubis d'abord s'accolèrent l'un à l'autre, puis leurs ventres, leurs poitrines, le thorax, la nuque. Alors seulement ils déployèrent leurs bras et s'enlacèrent. Leurs nuques s'emboîtaient. Ils sentaient le souffle chaud de l'autre tout contre le point battant de la veine de leur cou. Ils se seraient voulus vampires. « Tu es là », disait Yan émerveillé, et ça recommençait. Une vague se formait dans le bas ventre, montait le long du corps et éclatait dans un souffle contre le cou. C'était infini comme la mer.

Cette fois encore, Clara eut la sensation qu'un mouvement généreux sortait de son corps mais ce n'était plus pour puiser des ressources dans la terre comme la première fois sous la balançoire. Non, c'était dans le corps de Yan qu'il s'enfonçait. Il prenait racine en lui, tandis que lui prenait racine en elle.

27. *« C'est la fin des artichauts. »*

Sans doute Clara et Yan eurent-ils préféré passer cette nuit seuls. Mais derrière la fenêtre les filles trépignaient. Elles pouffaient, gigotaient. « Prêt pour l'épreuve des copines ? » sourit Clara.

Yan se présenta à elles les cheveux aplatis, son écharpe d'Arlequin déroulée de part et d'autre de ses épaules. « L'homme aux yeux de Jade », murmura drôlement Flo, comme si elle venait de découvrir la face cachée – et horriblement banale – de Superman.

Clara devina que ses amies étaient déçues. Cela l'amusa. Le charme de Yan ne sautait pas immédiatement à la figure, c'était le moins que l'on pouvait dire. Elle soupçonnait qu'il en rajoutait d'ailleurs un peu dans le côté « boloss de la brousse ». Il aurait pu au moins ébouriffer sa tignasse avant d'entrer.

Yan fut scanné de haut en bas, de bas en haut, comme un indigène examiné par de vieux savants en redingote du muséum d'histoire naturelle. Il semblait bien un peu désolé de cet accueil minable, déçu lui aussi par cet examen de passage. Sans broncher, il laissait Christelle humer son écharpe et Flo observer ses yeux à la flamme d'une allumette. « Toi, mon p'tit gars, tu déconnes pas avec notre copine », lui chuchota Flo en le menaçant de son plus beau sourire, celui qui dégageait deux minuscules incisives de félines.

Yan répondit par un magnifique rugissement. Si brusquement que Flo émit un petit cri de stupeur parfaitement ridicule. Il lui chopa une natte, qu'il examina longuement avec un intérêt débile. Il porta ensuite la mèche de cheveux à sa bouche, fit mine de la lécher et grimaça une moue d'écœurement. Il tira ensuite la langue - qu'il avait démesurément longue - et secoua la tête comme s'il voulait décrocher son appendice, émettant un gargouillis de fond de gorge pareil au dernier soupir d'une chasse d'eau bouchée. Christelle et Flo, pétrifiées, souriaient niaisement. Soit ce gars était un dégénéré de première ; soit il était vraiment très fort, mais comment en être tout à fait sûres ?

Yan gonflait le torse. Sa parka s'échoua sur le sol à grand fracas de fermetures éclairs et de trousseaux de clés. Il déroula ensuite son écharpe lentement, à la manière d'un strip-teaseur imprévisible, tantôt sensuel (quand il caressait la laine), tantôt violent (quand il la tendait comme pour vérifier la solidité d'un collet). Il finit par la jeter à la figure des deux filles. Il déambula alors en roulant des fesses, les mains sur les hanches, son attribut viril exagérément mis en avant.

Clara était éblouie par la performance. Cet homme était prodigieux. Elle leva son verre.

- Chères amies, je vous présente Yan : maire du village, kiné et… comédien.

- Il a interprété pour vous, ce soir, « la Danse du Plouc », ajouta Ludo en copiant le déhanché de matador. Une création d'origine contrôlée qui a toujours son petit succès, au off d'Avignon, auprès de la bourgeoise.

Clara battait des mains en pleurant de rire. Christelle et Flo applaudirent mollement. Ambiance.

C'est le moment que choisit Betty pour pousser la porte. « Salut la compagnie ! » s'écria-t-elle en balançant son bonnet. Clara l'attrapa à la volée.

- Tu es seule ? s'inquiéta-t-elle.

- Iggy et Myleo se racontent des histoires, répondit Betty comme si c'était la chose la plus naturelle au monde. Voyons voir les blondes créatures dont tout le village parle : toi avec les nattes tu es Flo, et donc toi tu es Christelle, la meilleure amie de Clara. Moi c'est Betty qu'est-ce qu'on mange - j'ai la dalle ?

Clara regardait son petit monde désordonné. Drôle de retrouvailles que cette assemblée plurielle. Yan et Ludo, jouant des biscottos, dressaient maintenant la table sur des tréteaux dans une complicité virile retrouvée. Elle regardait son homme - leur statut de couple était une évidence ici, c'était à la fois délicieux et irréel – en se disant qu'elle n'aurait jamais assez d'une vie pour aller au bout de son désir de lui. L'élan était infini, magnétique. Il survolerait la monotonie de la campagne. L'Ermite se trompait : l'incertitude ne provoquait pas toujours le chaos. Dès lors qu'on se savait bon pour l'autre et qu'on savait la bonté de l'autre pour soi, l'incertitude était une force sereine qui projetait dans le futur, c'était la promesse de surprises, la perspective de se découvrir sous divers angles sans parvenir à n'en faire jamais le tour.

Dans la pénombre, Christelle allumait des chandeliers avec un sérieux de nonne éméchée. Flo tripatouillait les petits fours multicolores dans leurs coffrets isothermes.

- J'ai jamais vu un apéro aussi beau, la félicita Clara. On dirait des bijoux.

- Mes tickets-restau de septembre y sont tous passés, dit Flo en retrouvant de l'assurance. Vous avez là : bruschettas de poissons fumés, makis tricolores, nids d'effiloché de légumes verts en camaïeu, chupa chups de foie gras, mille-feuilles d'artichaut violet...

- C'est la fin des artichauts, grimaça Betty. Ils doivent venir du Kenya.

- Où sont les cacahuètes ? demanda Yan d'un air pincé.

- Bloquées à l'aéroport de Nairobi, tacla Christelle en se collant à sa copine.

- Je me demande si nous allons passer une bonne soirée… plaisanta Clara.

- L'incertitude provoque la peur, dit L'Ermite.

- Et la peur engendre les passions… tu te répètes, L'Ermite, s'agaça Clara. Je n'ai pas peur, ajouta-t-elle en s'asseyant. J'ai conscience que cette rencontre improbable entre nous, dans ce château perché, peut mener à tout. Un crime passionnel peut-être. Ou des serments d'amour. Mais j'aime ce moment qui précède celui où tout bascule. Pour moi, l'incertitude ouvre les possibles. Et savoir que le futur est fait de possibles est une pensée rassurante.

- On dirait que vous avez sérieux picolé avant mon arrivée, dit Betty qui n'avait pas tout compris.

- Elle a changé Clara, se plaignit Christelle en lapant sa sucette au foie gras, pensant sans doute que son statut de « meilleure amie » décernée par Betty la rendait légitime à éclairer l'assemblée. A 20 ans, Clara savait exactement ce qu'elle voulait dans la vie :

rencontrer le prince charmant, être avocate, gagner de la thune. A 32 ans elle décide de tout envoyer bouler et de s'installer à la campagne pour fonder une famille écolo. Et là, elle nous fait l'éloge de l'incertitude...

-       L'éloge des possibles, corrigea Yan.

-       Oui, c'est ça : l'éloge des possibles, dit lentement Clara plongeant avec délice dans les paroles de Yan. J'ai le cerveau qui pèle. Les certitudes tombent une à une : le prince, l'argent, la famille, l'écologie... Je me dépouille. Je ne sais pas où cela va me mener, mais je n'ai plus peur.

-       Tu es en train de créer ton propre écosystème, imperméable aux externalités négatives introduites par ta culture, par ton éducation et par le matraquage criminel de cette société de consommation capitalistique, dit L'Ermite en boulotant le dernier maki.

-       Ce n'est pas ça qu'on appelle aussi la paix intérieure ? se moqua gentiment Christelle.

-       La Théorie générale de l'Emploi, de la Monnaie et de la Paix intérieure, songea Flo à haute voix. Pourquoi pas...

-       Produire de la richesse utile à tous en maîtrisant son environnement est un objectif valable à toutes les échelles et pour toutes les sociétés humaines, poursuivit L'Ermite. L'individu, la famille, la communauté villageoise, le bassin de vie, le bassin d'emploi…

-       Cette idée de construire un écosystème a guidé notre projet de développement local durable pendant la campagne municipale, expliqua Betty. Nous avons écrit notre programme économique ici, sur cette table, vous vous souvenez, les gars ?

-       Et les électeurs ont compris quelque chose ? demanda Christelle en baillant.

-       Quand on leur a parlé de créer une régie municipale agricole qui emploierait des salariés et qui produirait de quoi bouffer des fruits et légumes sans cochonnerie de pesticide et en autosuffisance locale, oui, ils ont compris, répondit Betty.

-       Et ils sont au courant que leurs impôts locaux vont augmenter pour faire tourner la régie des choux-fleurs ? renchérit Flo. Parce que les subventions de l'Etat, macache ! - y'en a marre que ceux qui créent de la valeur dans ce pays paient pour les tocards.

-       Et elle crée quoi, comme valeurs, la demoiselle de la métropole parisienne ? attaqua Yan.

-       J'anime un talk-show économique sur une chaîne de la TNT, répondit Flo en levant le menton. Ma boîte de prod a été créée il y a trois ans, elle fait bosser une cinquantaine d'intermittents, elle est estimée aujourd'hui à trois millions d'euros.

- Nous n'avons effectivement pas les mêmes valeurs ! éclata de rire Ludo.

- Et vous alors, vous allez le financer comment, votre gentil kolkhoze ? demanda Flo.

- Révise ta fiche wikipédia, balança Betty. Les kolkhozes étaient des coopératives agricoles. Nous, on est sur du service public. Tu saisis la différence ?

- Tout ça c'est pareil, dit Flo. Vous perturbez le marché économique, vous démotivez les vrais entrepreneurs, plus personne n'ose prendre de risques dans ce pays, c'est pour ça qu'il y a du chômage !

- N'écoutez-pas vos externalités négatives, ma toute belle, dit L'Ermite avec une douceur inattendue. Vous valez beaucoup plus que ça.

- Faudrait voir à vous peler un peu le melon, mademoiselle « Certitudes », traduit Betty. T'es au courant qu'il y a des gens qui souffrent « dans ce pays » ?

- Ouais, des râleurs en gilets jaunes, grimaça Flo. On en a vu un paquet en arrivant. Des fachos qui puent le gros rouge et qui distribuent des chocolats en se cachant sous la perruque de Brigitte Macron. La classe américaine.

-       Sur notre rond-point de la Sapinière, l'ambiance est plus cool, pas vrai Clara ? lança Ludo.

-       The place to be, les filles, approuva Clara. Faut qu'on vous emmène demain, vous allez adorer. On y mange, on y boit, on danse et on chante, on peut même y dormir. On parle de soi à des inconnus, on imagine un monde meilleur, on y croit.

-       Demain, on rentre à Paris ! hurla Flo.

-       Vous ne pourrez pas éternellement vivre derrière votre périph', dans votre petite société à paillettes, poursuivit Betty. Je verrais bien, pour ma part, un attentat informatique un peu sérieux qui bloquerait tout le système bancaire. Et donc tout votre système. Alors on verra qui gagnera la bataille des valeurs : ceux qui produiront des biens alimentaires ou ceux qui alimentent le crétinisme à grande échelle.

-       Et vous, vous en avez un bien gros, de melon, Mademoiselle La Rebelle de Trifouillis-les-Chaussettes.

-       C'est plus la saison des melons... dit Ludo histoire de détendre l'atmosphère mais la blague tomba dans le vide.

Alors il s'éloigna de la tablée. Les patates étaient cuites, les poulets grillés, il supposait pourtant que personne n'aurait faim. Christelle le rejoignit, boudeuse. Elle dit que la dispute la rendait triste, pour elle, pour Clara, qu'elle avait besoin d'un peu de chaleur. Elle tendit ses mains vers les flammes et se laissa faire quand Ludo l'attira à lui. Elle était saoule, elle était lasse, elle n'avait plus envie de penser. Comme elle cherchait pourtant à justifier son abandon, Ludo posa un doigt sur ses lèvres, ne dis rien Christelle, parfois c'est comme ça, on n'a pas besoin de parler. Elle sourit et se cala un peu plus contre le torse de Ludo. Elle se sentait comprise et en confiance.

Ludo aussi souriait. C'était n'importe quoi ces tutos de drague ! Une fille, faut pas forcément l'écouter des heures avant de pouvoir la sauter. Lui fermer le clapet s'évitait d'interminables parlotes et la suite on verra bien. En attendant, il tenait un canon dans les bras, qui regardait, les yeux mouillés, des poulets griller au-dessus des flammes, avec autant de ferveur qu'un coucher de soleil à Palavas. Regarder avec elle, c'était tout ce qu'il pouvait faire. Impossible de ramener la fille chez lui, qui était aussi chez sa mère. Le premier hôtel potable était à cinquante kilomètres, minable. Restait le 4x4. Ça pourrait amuser, la blonde, le côté aventurier, pour un petit coup nocturne sous les hululements des chouettes en chasse. Out of Ruralité.

Oui, mais si... si sur un malentendu, sur un coup de tête ou sur un coup de foudre... si la belle revenait ? Ou une autre. Il lui faudrait sa maison, à lui. Une maison en pierre du village, tiens, qu'il rénoverait avec des volets en bois blanc comme celle d'Alice. Tant pis si, au début, le toit était un peu effondré par endroit, il leur suffira d'une grande cheminée, d'un matelas et d'une peau de chèvre. L'Ermite lui en donnera une. Il s'y voyait. Et tandis qu'il s'y voyait, Christelle s'abandonnait davantage dans ses bras. Zut, la fille était déjà à point. Heureusement, les poulets aussi. Diversion.

Ludo s'empara des volatiles. Yan et Clara sortaient les patates des braises. Ils avaient laissé Betty et Flo s'exciter à table. Mais sans public, les deux filles s'étaient vite tues puis Betty était sortie chercher le vin rouge. Flo maintenant écoutait religieusement L'Ermite qui gravait avec son couteau, sur le plateau de la table, en même temps qu'il parlait, des courbes et des équations à plusieurs inconnues.

Quand ils furent tous de nouveau réunis autour de la table, le malaise planait toujours au-dessus des volutes de poulets grillés que Ludo et Yan s'apprêtaient à découper.

-       Je vais vous dire une bonne chose, balança Ludo en menaçant l'assemblée de son couteau. Moi, je préfèrerais toujours la Paix intérieure… au Pet dans l'calbute !

Et là, tout le monde éclata dans un même rire. Clara sentit une explosion de joie dans sa poitrine qui se diffusait dans chacun des convives et revenait à elle régénérée. Et tandis qu'elle riait aux éclats, elle les voyait tous dans leur singularité. Ludo penchait la tête en arrière, il ouvrait démesurément la bouche et les narines. Il donnait des coups de coude à Yan, alors leurs regards se croisaient et ils repartaient de plus belle. Ludo était fier de sa blague, Yan n'en revenait pas qu'elle fut si drôle. Sa bouche à lui était si béante qu'on voyait l'intégralité de ses dents et son double menton se boudinait contre la peau du cou. Betty riait le menton levé, les lèvres outrageusement détroussées : elle « mordait de rire ». Christelle, très classe, très belle, riait une main délicatement posée sur son thorax. L'Ermite plissait le front, avec tant d'énergie que cela ressemblait à un tic de douleur. Les yeux clos, Flo se pinçait le nez et masquait sa bouche, elle était secouée de spasmes, elle semblait prier, ou en transes.

Et puis les rires se firent plus lourds, plus rares, les larmes furent essuyées, les traces de mascara nettoyées, les regards n'osaient plus se croiser. L'Ermite annonça « ce soir, j'ai vraiment commencé à mourir ». Il croqua un os, en aspira la moelle bruyamment. Ils avaient tous faim maintenant, ils mordaient à pleines dents dans la bouffe, c'était bon, ils attendaient la Parole de L'Ermite sans impatience, dans le suçotement enfantin émis par ses lèvres brillantes de gras animal. Enfin L'Ermite quitta la table.

Il s'installa en tailleur sur sa peau de bête.

-       Une vie c'est une vie. Qu'elle soit mondialisée ou localisée, que ce soit la mienne ou une autre, elle a la même valeur. On est tous à poil quand on vient au monde - on produit sa vision du monde : unique, éphémère - et on sera tous à poil devant la mort. Des années que je me dépouille. Dans un jour proche, vous me verrez mort là. Momifié par le vin, j'espère vous être présentable. Si je ne suis pas là, c'est que j'aurais plongé dans la machine à laver. Laissez-y mes os blanchir, faites en un xylophone ou des reliques ou rien. Maintenant partez, foutez-moi la paix. Il y a trop de vie autour de cette table, et de rire. La paix du calbute est un renoncement au monde, à la vie, mais pas à l'amour. L'amour c'est ce qu'il reste à l'homme quand il n'est presque plus rien. Partez, je veux en goûter la saveur pure. On arrive au monde à poil, on le quitte à poil. Partez ! Je vais me foutre à poil !

« Je ne veux pas voir ça », déclara Betty en enfonçant son bonnet sur ses oreilles. Elle entraîna avec elle Ludo et Christelle vers la sortie.

Yan s'accroupit devant L'Ermite, lentement il posa ses mains sur ses épaules. « Adieu L'Ermite », semblaient-elles dire.

Clara avait enfilé son manteau, elle empilait les assiettes. « Laisse, je vais le faire », dit Flo.

-       « L'amour, c'est ce qui reste à l'homme quand il n'est presque plus rien », récita Flo. Il m'a demandé de rester. Je reste.

-       Il ne t'a rien demandé du tout, c'est juste un fou, la gronda Clara. Demain tu auras dessaoulé et tu te réveilleras avec un macchabée.

-       C'est une certitude, il va mourir, dit Flo en esquissant un abominable sourire serein. Demain ou dans deux mois. Il aborde en tout cas son dernier cycle court. Nous allons nous y aimer, dans les flots d'alcool, d'un amour parfait, sans retenu, en confiance, sans crainte d'être trahis à l'avenir par des passions négatives. Nous allons grimper jusqu'à l'équilibre et y rester jusqu'à l'explosion finale. Je vais prouver l'existence de l'amour pur et parfait, grâce à l'introduction d'une nouvelle variable : la mort.

Flo posa un doigt sur ses lèvres, « mais chut, Clara, ma démarche est encore totalement empirique ». Et elle ferma la porte sur eux.

-       Qu'est-ce qu'elle t'a dit ? demanda Yan.

-       Qu'elle allait le tuer d'amour.

-       Belle mort, commenta Yan.

La nuit était glaciale. Les chèvres avaient disparu, les amis aussi. Les bruits des moteurs du 4x4 de Ludo et du break de Betty vrombissaient distinctement au loin. Yan prit la main de Clara et l'entraîna vers le petit chemin de terre, comme il l'avait fait sur la place du village avant le conseil municipal. Ils avaient un quart d'heure à pied avant d'atteindre sa voiture. Un quart d'heure la main de Clara dans la sienne, à parler ou à se taire, à marcher sans discontinuer ou à s'arrêter pour un caillou trébuché ou un baiser, à rêver ou à débriefer de la soirée... tout lui semblait pareillement magnifique. Il tremblait. Il tremblait devant l'étendu de sa vie avec Clara.

FIN

28. *Epilogue*

La fontaine du village brille sous le soleil de juillet. De la fenêtre de la chambre, Clara regarde les hommes installer les lampions, l'estrade et la table du banquet. Dans son dos, Yan serre les lacets nacrés de son corset blanc. Sa voix, douce et impatiente, parvient feutrée à ses oreilles, comme un écho à l'agitation de la place.

Près de la fontaine, Betty distribue le café aux musiciens en pause. Parmi eux, Iggy apprend à Myleo à placer ses petits doigts sur la guitare : « fa si si-si, fa do la-si, fa si mi-mi, ré do-si la si-do… » Et les enfants de la chorale de l'école reprennent, en zigzaguant entre les adultes affairés, les premières notes détournées de la marche nuptiale de monsieur Wagner.

Alice leur distribue des rubans de losanges colorés. Les filles les nattent avec leurs cheveux. Les garçons les accrochent à leur poignet comme les footballers brésiliens. Matis a déjà noué le sien et en réclame un autre pour le chat. Matouche frissonne au contact du tissu, mais accepte dans un clignement d'œil les doigts de Gabriel autour de son cou.

Les jeunes épiciers déchargent de leur camionnette les caisses de vin et les sacs de patates, alpaguant Ludo pour qu'il les aide. Mais Ludo est trop occupé à critiquer la décoration florale de la 4L réalisée par Marie-France qui lui rétorque, en rajoutant des glaïeuls sur les essuie-glaces, qu'il n'y connaît rien et qu'il n'a qu'à aller vérifier si la braise du méchoui est en train de prendre. Ludo proteste qu'il n'a pas que ça à faire, qu'aujourd'hui il remplace le maire, merde, qu'il a un discours à réviser. Et il se dirige vers le Pra-Gâton en lissant son écharpe tricolore.

Les hommes l'acclament sans quitter le feu du regard, à l'ombre des pelleteuses alignées. Des petites filles regardent craintivement les moutons dépecés et sans tête, embrochés et décorés de fleurs et de branches de thym. Elles se blottissent contre Anaïs qui, pour les distraire des carcasses sanguinolentes, négocie pour elles auprès de Manuel un tour de brouette. Les petites s'installent en riant dans l'engin, entraînant la frêle Anaïs avec elles. A chaque bosse, elles piaillent comme des poussins et la poitrine d'Anaïs frémit dans l'échancrure de son chemisier. Manuel a chaud, il a enlevé son tricot. Les muscles de ses bras en sueur luisent sous les rayons du soleil.

Une limousine blanche glisse sur le chemin de terre du futur éco-quartier, qui accueillera dans huit mois des familles de réfugiés et le couple de fonctionnaires maraîchers de la régie municipale agricole. Scoubi galope avec la voiture puis se détourne pour rejoindre au pas sa biquette. La limousine ralentit devant la maison d'hôtes de Ludo, il y a transféré son auto-école et propose des stages intensifs d'une semaine de conduite, logés et nourris, pour les jeunes urbains. Deux clientes en short révisent leur code dans le jardin, en buvant des jus à la paille en bambou. Pas loin, la Maison de Léa est encore en rénovation. Elle accueillera d'ici à six mois des étudiants en résidence pour leurs révisions d'examens. La limousine se gare sur la place, à côté de la 4L fleurie. Marie-France étudie la carlingue étincelante et se presse dans son jardin cueillir de nouveaux glaïeuls. Une femme sort de la limousine. Vêtue d'une courte robe de tulle grège, elle est montée sur des escarpins à talons vertigineux et porte un large chapeau bleu. Malgré ses lunettes de soleil, Christelle semble éblouie par la lumière de la place.

Une silhouette maigre, vêtue d'une peau de chèvre, débouche d'une ruelle. Elle est pieds nus, ses cheveux blonds, nattés, lui tombent sur les reins. Les enfants rient, crient, la montrent du doigt, « Flo La Folle ». Le temps que Christelle se retourne, la silhouette a disparu.

« Elle est arrivée », souffle Clara à Yan dont les bras et les jambes se sont perdus dans les jupons. Christelle s'assied en tailleur sur le capot chaud de la limousine.

Elle a posé près d'elle ses escarpins et son chapeau dans lequel Matouche se love comme dans un panier familier. Il regarde comme elle Clara à sa fenêtre : les doux balancements de Clara, la mollesse de son cou, le battement souple de ses paupières, la course des bras cherchant un appui et ne le trouvant pas. Et puis Clara disparaît du cadre de la fenêtre. Et la disparition de Clara est encore plus belle que Clara elle-même.

[a] La Java bleue, paroles de Géo Koger et Noël Renard, interprétée pour la première fois par Fréhel en 1939.

[b] Mon amant de Saint-Jean, paroles de Léon Agel, interprétée pour la première fois par Lucienne Delyle en 1942.

[c] Le P'tit bal perdu, paroles de Robert Nyel, interprétée pour la première fois par Juliette Gréco puis Bourvil, en 1961.

[d] Le P'tit bal du samedi soir, paroles de Jean Dréjac et Jean Delettre, interprétée pour la première fois par Georges Guétary en 1946.

[e] L'Espion qui m'aimait, Lewis Gilbert, 1977.

[f] A Bout de souffle, Jean-Luc Godard, 1960.

[g] Chanson pour l'Auvergnat, Georges Brassens, 1954.

[h] Le Chant des partisans, composé en 1943 par Joseph Kessel et Maurice Druon, repris dans l'album des Motivés (Tactikollectif,) en 1997.

[i] Hasta siempre, paroles de Carlos Puebla, 1965.